Pedro Cesarino (São Paulo, 1977) est anthropologue et professeur à la faculté de philosophie, lettres et sciences humaines de l'université de São Paulo, spécialisé dans les relations entre anthropologie, art et littérature. De ses nombreux séjours auprès des Marubo, un peuple de l'Ouest amazonien, il a tiré une étude approfondie sur le chamanisme amérindien, publiée en 2011 au Brésil sous le titre *Oniska*, ainsi que *Quando a terra deixou de falar* (2013), un recueil composé de chants et récits de mythes en langue originale et en traduction portugaise, librement adaptés dans *L'Attrapeur d'oiseaux*.
Il a coécrit le scénario du film de Maya Da-Rin, *La Fièvre* (2019), portrait envoûtant d'un Amérindien déraciné dans le port de Manaus, au nord-ouest du Brésil, récompensé entre autres par le festival de Locarno.
Plongée fantasmagorique dans l'enfer vert amazonien, son premier roman, *L'Attrapeur d'oiseaux*, offre une satire mordante de sa propre pratique d'anthropologue.

L'Attrapeur d'oiseaux

Pedro Cesarino

L'Attrapeur d'oiseaux

Traduit du portugais (Brésil)
par Hélène Melo

Rivages

Retrouvez l'ensemble des parutions
des Éditions Payot & Rivages sur

payot-rivages.fr

Collection dirigée par Myriam Anderson et Delphine Valentin

Titre original : *Rio acima*
Editorial Companhia das Letras, São Paulo

Frontière

Le ciel lourd et excessivement bleu, les nuages qui semblent s'abattre sur ma tête. Mon corps chargé de plomb, comme si, en revenant encore une fois dans ce bout du monde, il avait d'autres jambes (en plus mauvais état). Magno, le chauffeur, s'approche pour me saluer. Il ouvre la portière de son pick-up noir et sourit avec cet air de Zé Pelintra des frontières, le patron des ruffians, que je n'ai plus la patience de supporter. Il me dit que je dois trouver une solution pour l'essence aujourd'hui, tant qu'il est encore à ma disposition pour rapporter des jerricans de l'autre côté de la frontière jusqu'à la barge, amarrée au quai. Je sais que là-bas le carburant est moins taxé, mais il peut aussi être plus sale.

Lorsqu'on prépare un tel voyage, tous les détails ont leur importance. Une seule négligence suffit pour compliquer les choses par la suite. De l'essence sale peut signifier une pirogue à l'arrêt pendant des heures au milieu du fleuve – et des nuées de *piuns*, ces minuscules moucherons qui pénètrent par tous les pores tandis que vous essayez de résoudre un problème de bougie d'allumage perlée. Mais j'ai très peu d'argent et je dois en acheter plus de quatre cents litres. Le risque de l'essence sale se trouve donc compensé.

L'agence de Banco do Brasil est à deux pas d'ici, je vais devoir à nouveau affronter la file d'attente sans clim pour retirer de l'argent au distributeur. Cette fois, le laboratoire de recherche n'a pas été très généreux, peut-être parce que mon travail ne suscite plus le même enthousiasme qu'avant. Il me faudra être vigilant sur les dépenses. À peine ai-je posé le pied sur le trottoir que j'ai envie de faire demi-tour. Je ne sais pas comment les gens de cette ville supportent la chaleur, le soleil tranchant comme un canif. Après le sauna dans la file d'attente de la banque, je prends une moto-taxi pour me rendre de l'autre côté de la frontière acheter les doses de sérum antivenimeux, les médicaments contre le paludisme et les pastilles de chlore qui, allez savoir pourquoi, ne sont pas commercialisés de ce côté-ci.

La vendeuse me regarde un peu étonnée, mais elle a l'habitude de ne pas poser de questions. Mieux vaut ne pas connaître les raisons qui poussent un gus à aller se fourrer dans la jungle. En sortant, je passe devant des Indiens qui vendent des larves de bois pourri grillées à la braise – le barbecue local que je considère, à ce stade de ma vie, comme un mets de choix.

Deux cents mètres plus bas, je trouve une moustiquaire de qualité dans un bazar où l'on vend sans distinction des bouées Mickey et des lanternes. Trois bassines en aluminium, des timbales en plastique, des assiettes, des verres, un couteau correct mais pas assez pour être convoité, un réveil, un petit miroir, des lames de rasoir, du savon de coco, des serpillières, des seaux en plastique. Le fourbi habituel, le tas de bordel indispensable, qui ne m'aide pas vraiment à me sentir bien préparé, en dépit de toute l'expérience accumulée. Comme si j'allais me retrouver à poil sans tout ça, sans défense face au moindre problème qui surgirait. Je paie le propriétaire du magasin en lui tendant des billets tachés et froissés. Je fais livrer le tout à l'hôtel El Comendador.

Je me rends dans la boutique suivante qui vend la casserole idéale, ronde, munie d'une poignée sur le dessus, servant à la fois à aller chercher de l'eau et à stocker des choses. Les bottes dont les jambières remontent jusqu'aux genoux, je ne les trouve qu'ici aussi. Apparemment, elles viennent de Colombie ou d'Équateur où elles sont utilisées par les milices. Plusieurs boîtes de balles calibre 16, du plomb, de la poudre, un détonateur, quelques grammes d'appâts, deux filets, des cordes et un chapeau. Tout cela pour compléter le fourbi qui, je l'avoue, me donne l'impression d'être un peu ridicule. Ce qui autrefois m'attirait dans cette condition d'éternel voyageur est désormais devenu trop répétitif, presque mélancolique.

Au supermarché, je fais empaqueter, au grand étonnement des vendeurs brésiliens, des sacs et des sacs de riz, de haricots et de pâtes, ainsi que des conserves et autres provisions. Pourquoi dépenser tout cet argent pour ces malheureux ? me disent-ils. Vous feriez mieux de leur prendre directement leurs terres. Pourquoi aller perdre autant de temps là-bas ? demandent-ils. Désirant vite couper court à ces bavardages, je réponds par de brèves plaisanteries. Je règle en liquide et fais livrer le tout à l'hôtel.

Dans une boutique de sorcellerie coincée entre les ravins près du port, j'observe des flacons sur une étagère et un tas de colliers crasseux accrochés au-dessus de la porte. Les perles rouges et noires me semblent appartenir à un Exu* qui se serait infiltré dans la forêt vierge. Je discute avec le couple qui tient l'échoppe. Méfiants, presque laconiques, ils me disent qu'ils sont originaires de la région de Putumayo et qu'ils vivent ici depuis plusieurs années. Je me demande s'ils n'ont pas des informations sur le récit que je dois recueillir, celui de l'attrapeur d'oiseaux. Ils en ont peut-être entendu parler, mais bon, ce n'est pas le meilleur moment pour leur poser la question.

Ils ont sûrement fui les persécutions que les milices infligeaient à leur peuple, les rivières saccagées par le feu et la lame des machettes, les familles déchirées par les viols collectifs et la violence généralisée. C'est ce que semblent révéler leurs visages empreints d'une profonde gravité. Des sillons sont creusés autour des yeux de la femme comme s'ils consignaient le poids de ce dont elle a dû être témoin. Ils me racontent qu'ils sont descendus de Putumayo à bord d'une pirogue clandestine et qu'ils ont fini par refaire leur vie ici, dans ce coin du monde presque sans loi.

La vieille Indienne a un œil de verre qui ne parvient pas à se fixer sur moi, mais derrière cette fausse pupille déconcertante, elle semble voir autre chose. J'achète un collier de perles et je prends congé. N'oublie pas, monsieur, que les rivières peuvent te trahir. N'oublie pas les chemins qui ne sont pas indiqués sur les cartes de la Terre, me dit la vieille femme en espagnol tandis que je règle mes achats. Je lui

* Principal esprit du candomblé, religion afro-brésilienne. *(Toutes les notes sont de la traductrice.)*

retourne un sourire un peu surpris, sans comprendre ce qu'elle a voulu partager avec moi. Qui sait, peut-être un conseil maternel ? Ou le souvenir d'une chose projetée dans une dimension du temps que j'ignore ? Je ramasse la monnaie et quitte la boutique en ressentant un malaise au niveau de la poitrine.

Magno, le chauffeur, m'interpelle au milieu de la rue poussiéreuse. Il a la sympathie calculée de celui qui n'hésiterait pas à vous berner s'il le pouvait. Mais je sais qu'il doit jouer cette comédie en raison des accords passés entre les institutions. Apparemment, il a réussi à rapporter l'essence et tout le reste. Il va m'emmener déjeuner, puis il me conduira à l'hôtel. Des hommes aux allures de lascars lui font signe de la tête de l'autre côté de la rue. Ils sont assis sur des chaises en plastique le long du trottoir, devant ce qui ressemble à un bureau de change. Il y a une complicité entre eux que je préfère ignorer. Il y a du reste beaucoup de choses ici qu'il convient d'ignorer. Je l'ai compris le jour où j'ai foulé pour la première fois ce bitume rouge poisseux.

Le chauffeur me dépose à la porte d'El Comendador et nous réglons la question du départ demain matin. Je monte les cartons de nourriture et d'équipements dans ma chambre glacée par la clim. Tout est rassemblé, enfin. Je peux à présent m'octroyer le luxe d'un dernier moment d'intimité. À la télé, la chaîne évangélique mise au hasard diffuse sa paranoïa. Sur une autre, une blonde habillée en cow-girl présente des bovins de race nélore. Sur une troisième, on vend des Rolex dans une espèce de bingo télévisé. Un spot publicitaire montre des fesses parfaites obtenues grâce à des machines permettant soi-disant d'avoir des fesses parfaites. Je prends une douche, éteins la télé et pique un somme.

Je fais des rêves fugaces et confus, habités par les voix des personnes que j'ai laissées à la maison. Échos des liens interrompus par la constante désaffection qui a été mienne ces derniers temps. J'ai toujours repoussé la possibilité d'une relation plus sérieuse pour pouvoir en finir une bonne fois pour toutes avec ceci : l'histoire, celle qui reste à écrire et qui ne m'accorde aucun répit. Comment concilier l'investissement dans des rapports amoureux, des liens affectifs, avec les exigences de cet endroit ? Difficile. Je suis bien conscient que le risque existe de devenir un spectre entre deux mondes, prisonnier entre deux branches d'un arbre dépourvu de racines. Puis j'émerge, plutôt alerte. Je descends régler ma note à la réception, car on va venir me chercher très tôt demain matin et il faut que tout soit prêt.

Sur la terrasse de l'hôtel, une étrange conversation en portugnol à propos de corps trouvés derrière l'hôpital. Les mains attachées dans le dos, les ongles et les dents arrachés. Une affaire de vengeance, dit l'un. Une affaire de racaille, dit l'autre. Ce doit être encore une de ces filles idiotes, fait remarquer un troisième. J'écoute d'une oreille tandis que l'obscurité s'installe dans la rue, obscurité qui oppresse ma poitrine.

L'affaire suscite ma curiosité, mais il vaut mieux rester discret et ne pas poser trop de questions. Ça doit être lié aux attaques récentes contre les travestis qui habitent par ici. Il semble que, comme le vieux couple de Putumayo, elles aussi soient arrivées il y a quelques années, fuyant les guérillas qui se propageaient dans les villes en amont, de l'autre côté de la frontière. Depuis lors, elles vivent ici dans leurs salons de beauté – il peut y en avoir jusqu'à trois par pâté de maisons, comme s'il y avait vraiment autant de mains, de pieds et de visages à soigner. Elles restent là, à échanger des idées, à fumer et à se coiffer. Tous les samedis, elles vont ensemble danser dans les fêtes de l'autre côté du fleuve. Les fêtes de la Plage de la Merveille, que j'avais à l'époque l'habitude de fréquenter pour m'amuser, et qui se prolongent jusqu'au petit matin au son des *cumbias* à la mode.

L'histoire de Victoria me revient en mémoire, un travesti qui était tombé amoureux d'un agent de la police fédérale brésilienne et faisait des scènes devant le commissariat, juste à côté du supermarché Big Big, un établissement de façade qui blanchissait de l'argent sale. Ça remonte à quelques années, si je ne me trompe pas. Elle attendait le policier dehors et, comme le type ne se montrait pas, elle lui criait des mots d'amour, regimbait, faisait n'importe quoi. Elle s'est pour ainsi dire installée devant le commissariat pendant plusieurs mois. Elle s'est fait connaître dans la région comme « La Chanteuse ». On raconte qu'elle s'est ensuite lassée et est allée vivre du côté de l'aéroport, s'enfermant dans une maison en carton qu'elle s'était construite et qu'elle partageait parfois avec les chiens errants. Victoria, la folle. Elle a fini par disparaître du paysage, personne ne sait si elle s'est fait dévorer par la jungle ou par les groupes qui nettoient régulièrement les villes de ce genre d'individus, indésirables aux yeux des commerçants et des politiciens locaux.

En début de soirée, je sors me promener. Des employés de l'hôtel accoudés à la réception me conseillent de ne pas rentrer par l'arrière de la place qui s'ouvre sur le ravin près du fleuve. On y a retrouvé un corps la semaine dernière. Dans les rues blafardes, des types louches me regardent un peu de travers. J'entre dans le premier bar venu et m'enfile plusieurs bières pour fêter cette ultime soirée. L'heure est venue de me prendre une bonne cuite et d'oublier. Je ne ressens pas de peur, mais une fatigue qui pèse à l'intérieur tandis que ma respiration endurcie se dilue dans les canettes de bière.

Sur le chemin du retour, je passe devant le Paradise, éclairé par ses néons défectueux. Les filles sont toutes là, comme à l'accoutumée, assises sur les chaises en plastique de la terrasse. J'entre l'air de rien et je prends une autre bière, en écoutant une salsa mélancolique en bout de course. Mais Jully a décidé de s'absenter précisément aujourd'hui. Avec cette fille, je pourrais boire et lire de la poésie jusqu'au bout du monde. J'ai essayé à plusieurs reprises de l'inviter à dîner, à faire un truc ailleurs, dormir avec moi à l'hôtel, pourquoi pas partir en voyage sur le fleuve en aval. J'avais envie de mieux la connaître, peut-être même de commencer quelque chose. Elle acceptait mes invitations avant de les refuser aussitôt, me faisant comprendre qu'en réalité elle n'en avait pas la possibilité, mais qu'elle aimait être traitée dignement et qu'elle était triste de ne pas pouvoir en profiter davantage. Souffrance cruelle derrière ce corps sans mots. J'ai très vite compris que, pour elle, quitter cet endroit impliquerait d'enfreindre les règles et d'en subir les conséquences, à coup sûr violentes, qui s'appliqueraient probablement aussi à moi. Je ne l'ai pas revue depuis.

N'ayant rien d'autre à faire, j'emprunte les mêmes chemins émoussés, je m'échappe des trottoirs sales et rentre directement à l'hôtel. Je m'effondre sur le lit comme une pierre, sombre dans un sommeil opaque et agité. Un soubresaut, comme si j'allais tomber dans un trou, puis de nouveau le sommeil profond. L'avion me laisse à l'aéroport d'une grande ville européenne. En débarquant, je m'aperçois que je n'ai ni bagages ni argent et que je porte un simple tee-shirt et rien en dessous de la taille, même pas de caleçon. Je discute avec les employés de l'aéroport, tous habillés, ils semblent trouver tout à fait naturel que je sois à moitié à poil et pieds nus. Moyennement convaincu qu'une telle chose soit bel et bien acceptée par la société, je continue à me renseigner et me demande comment je vais m'en sortir dans cet état déplorable, sans argent ni bagages. Mais comment se fait-il que je n'aie pas pris d'affaires ? Comment ai-je pu les oublier ? Ne serait-il pas mieux de porter un pantalon ? Ne vont-ils pas me juger inconvenant ? Un groupe d'adolescents s'amuse de mon cafouillage, sans toutefois remarquer l'absence de sous-vêtements, comme si c'était normal. L'un d'eux, pourtant, ébauche un petit rire, qui suffit à me faire douter. À défaut de meilleures alternatives, je me dirige vers la sortie des taxis, où d'autres personnes habillées me regardent avec dédain. Je dois aller de l'avant et poursuivre mon voyage, me dis-je. Après tout, à quoi servent les papiers, l'argent ou les pantalons ?

Le réveil sonne furieusement à quatre heures du matin. J'émerge sans vouloir croire que je suis de nouveau ici, prêt à affronter le fleuve. J'ai envie de disparaître sous les oreillers, d'ouvrir la porte et de leur dire qu'ils se sont trompés de chambre, que je ne suis pas la personne qu'ils cherchent. Mais non. Mon corps me rappelle que la jungle est une autre réalité à laquelle je ne peux encore me soustraire. Je me lève et me jette à contrecœur sous la douche froide. Une pluie forte et pénible tombe sur l'aube sombre – tout ce qu'il me fallait pour commencer. Sans cette fascination, sans l'histoire, j'arrêterais là.

Racondo, mon partenaire de longue date, qui se trouve aussi en ville pour je ne sais quel boulot, m'attend dans le hall, il est venu avec la Parati d'un chauffeur de taxi péruvien. Racondo, infatigable étudiant en littérature de l'Université nationale de Colombie venu travailler il y a quelques années dans la région, se met immédiatement à débiter une série de théories et d'explications enchevêtrées allant de l'actuelle configuration politique à la logique interne des mythes en passant par les conceptions de la temporalité, tandis que je digère à peine ma mauvaise humeur et mon morceau de cracker ramolli. Il est au courant de mon obsession pour l'attrapeur d'oiseaux, mais là, ce n'est définitivement pas le meilleur moment pour en parler.

– Où est Magno ? je m'enquiers en regardant en bas.

– Cette fois il a pas libéré le pick-up, on va devoir y aller en Parati. Hé mec, tu as lu le dernier article de Zorotinski sur la complexité causale ? me demande-t-il avec son accent mi-portugnol, mi-carioca.

– De quelle complexité tu parles, Racondo ? Quelle galère ! Ce type se débine toujours au pire moment ! Bon, on va voir ce qu'on peut faire, je grommelle.

– La complexité qui se développe dans les circonstances de bifurcation temporelle. C'est génial !

– Excuse-moi, impossible de penser à ça maintenant, je suppose qu'il doit y avoir un rapport, mais aide-moi plutôt à charger ce bidon qui pèse trois tonnes !

Racondo m'aide à traîner le premier jerrican d'essence, plus de soixante-dix litres, dans l'escalier étroit de l'hôtel. Nous descendons petit à petit tout le bordel. Nous ouvrons le coffre et chargeons la voiture, qui frôle presque le sol sous tant de poids. Le jour vient à peine de se lever et la longue descente jusqu'au fleuve est un vrai merdier après toute cette pluie. Un toboggan de boue. La Parati s'écarte de la route et patine d'un côté et de l'autre, venant heurter les bords du ravin, elle s'embourbe et se désembourbe, crache boue et fumée. Impossible d'en contrôler la direction. Mais le chauffeur de taxi péruvien réussit finalement à mener son tacot jusqu'au bord du fleuve. Nous déchargeons les caisses sur notre dos et les posons sur les planches de bois pourries des pontons de la barge, qui avance sur une eau non moins pourrie. Peu à peu, le jour se lève sur l'autre rive.

– Tout ce poids va m'esquinter le dos, dit Racondo, qui repousse depuis un certain temps un traitement de la colonne vertébrale à cause de son travail dans la jungle.

Lui et son idéalisme autodestructeur, que j'ai du reste moi aussi cultivé, mais qui me semble désormais tourner à vide.

– C'est surtout les caisses qui vont être esquintées avec cette pluie, ça va être dégueu dans la pirogue. Après dix jours de voyage, ça m'étonnerait que les paquets de pâtes arrivent intacts au village.

– Détends-toi, tout va bien se passer, répond-il avec son infatigable optimisme.

– Comment tu veux que je me détende ? Les Indiens ne sont pas encore arrivés ! Où est-ce qu'ils se sont fourrés avec leur pirogue ? je rétorque avec impatience.

– Ils ont dû se tromper de barge.

– Dans ce cas, laisse-moi mettre tout ce barda à l'abri. Et toi, va chercher les Indiens, s'il te plaît !

Racondo longe le fleuve à la recherche des amis venus me chercher, tandis que j'essaie de passer outre mon agacement et de disposer les cartons de nourriture mouillés sur le plancher presque inexistant de la barge des pompiers. C'est ici qu'ont l'habitude d'accoster les Indiens qui arrivent en ville depuis la selve profonde. Et c'est aussi généralement le point de départ pour les longs voyages. La barge des pompiers : peu de choses sont aussi détestables, peu de choses me rappellent davantage que je suis au mauvais endroit. Du moins tant que je ne passe pas définitivement de l'autre côté du miroir opaque, tant que je ne franchis pas la ligne sombre de cet horizon qui sépare le fleuve et la bande de forêt.

Quelques heures plus tard, Racondo revient avec toute la troupe. Sans quitter la berge, je regarde leur pirogue approcher. Elle avance doucement, se fraie un passage parmi les immondices charriées par les eaux et accoste entre les autres bateaux également amarrés aux pontons de la barge. Une bonne surprise : cette fois, Sebastião Baitogogo, un vieil ami qui m'appelle petit frère, est descendu me chercher, accompagné de certains de ses fils et de sa nouvelle femme. Pour changer, la pirogue est bien plus chargée qu'elle ne le devrait, débordant de passagers et d'équipements divers. Ils ne sont presque jamais préparés comme j'en ai besoin, mais c'est comme ça. Une surcharge pareille signifie que je vais passer plus de dix jours assis sur le banc transversal sans pouvoir m'allonger ou m'étirer. Rien de plus ordinaire pour ceux qui vivent dans ce monde des eaux, mais pas pour moi. Baitogogo et moi nous saluons comme d'habitude.

- T'es arrivé ?
- Je suis arrivé.
- T'es pas malade ?
- Non.

Le traditionnel accueil est bref mais aimable. Mon agacement n'a plus de raison d'être. Ici, inutile de se fâcher, inutile de s'énerver, car le temps parcourt d'autres spirales.

- Tu as apporté le moteur V12 ? je demande à Baitogogo.

- Il est là, mais il est pas en très bon état.

À mon découragement, Baitogogo pointe du menton le moteur en panne gisant dans la pirogue et m'explique.

- Le V12, il voulait pas démarrer, du coup on est descendus avec le V5. Le V12 de Raimundo est en panne, faudrait que tu le répares ici.

Je m'y attendais. Rien ne se passe jamais comme prévu. Je vais devoir trouver une solution pour mettre en état ce moteur si je veux faire le voyage dans un délai raisonnable, pas plus d'une dizaine de jours. Je monte dans la pirogue et je m'installe, me montrant prêt à partir, avant que toute la troupe n'ait l'envie soudaine de descendre et se balader en ville. Nous laissons derrière nous le port, Racondo et son infatigable optimisme.

Le premier jour, nous naviguons pendant six heures jusqu'aux berges de la ville suivante. En chemin, je reconnais les îles et les petites communautés qui s'étendent le long des rives, le long des sinueux méandres des grandes eaux et des confluences des rivières. C'est là que nous allons réparer le moteur, dans ce cimetière d'acajou, l'une des dernières bourgades avant d'atteindre notre destination, de l'autre côté. D'innombrables troncs d'arbres flottent dans l'eau, tandis que les scieries asiatiques fonctionnent à plein régime. De vieux hangars rouillés recouverts de tuiles d'amiante et d'aluminium, une fumée noire planant au-dessus des maisons, un tas de carcasses de bateaux échoués sur la rive – murmures de tout un monde illicite derrière ce paysage magnifique.

Baitogogo et ses fils en profitent pour aller se balader en ville ; ils vont faire la tournée des bars et rendre visite à des parents qui vivent dans le coin. Mais je sais que tôt ou tard ils reviendront. En attendant, j'essaie de résoudre le problème du moteur dans un garage. L'une des barques amarrées au quai porte le nom de *Jociley III*. J'essaie d'imaginer l'histoire. C'est peut-être celui de la sœur du canotier, ou celui de sa plus jeune fille, qu'il a décidé d'honorer sur la coque fraîchement repeinte de son bateau. Mais pourquoi III ? Combien de Jociley ont existé ? Ces réflexions inutiles me détournent des problèmes à résoudre, des problèmes pratiques qui me détournent des soucis laissés à la maison qui, à leur tour, ouvrent peu à peu la voie à la longue remontée du fleuve.

Les mécanos viennent papoter avec moi tandis que j'attends.

– Ici c'est le début ou la fin du Brésil ? demande l'un d'eux.

– Je ne sais pas, pour moi c'est la fin, mais peut-être que pour vous c'est le début.

– Mais l'endroit d'où vous venez se trouve au bord de la mer, non ? poursuit-il.

– Oui, là-bas aussi c'est une sorte de fin du monde. C'est d'ailleurs là-bas qu'a commencé la fin du monde pour bien des gens, je réponds.

La nuit tombe. Il est trop tard pour partir en quête d'un petit hôtel. Baitogogo et ses fils reviennent et s'installent tant bien que mal dans la pirogue. Nous dormons sur place, entre les rats, les moustiques et les taches d'huile. En dépit de l'état calamiteux de notre bateau ignoble, nous disposons d'un certain confort dans le coin que nous accommodons, une sensation de foyer accueillant les corps déjà habitués au manque d'espace. Je traverse la nuit d'un sommeil lourd, comme si le monde n'existait pas alentour. Très tôt, une brume épaisse s'élève au-dessus de l'eau, empêchant encore davantage d'apercevoir l'autre rive du fleuve. La brume n'étouffe toutefois pas le bruit frénétique des peke-pekes, des hors-bords et autres embarcations sillonnant cette partie des grandes eaux qui reste mouvementée. Nous mangeons des œufs durs et du pain, accompagnés de café, tandis que les garçons montent le moteur V12 sur la poupe du bateau. Nous sommes enfin prêts à partir.

Une pirogue fend la brume, transportant à son bord des Babilonitas tous vêtus de longues tuniques blanches. Cette espèce de procession médiévale flottant sur les eaux de la forêt-enfer forme une vision improbable de l'aube, annonçant ce qui adviendra par-delà les villes frontières. Ils disparaissent peu à peu contre l'écran irréel de la vapeur blanche, qui commence à s'estomper. Les Babilonitas sont les membres d'une secte fantôme qui vit isolée depuis des décennies sur une île autosuffisante. Il leur arrive parfois de se manifester et d'apparaître ainsi, immaculés au milieu de la circulation frénétique des bateaux, au son du *brega* et du *reggaeton*. Il semble qu'ils aient choisi des parties de la Bible pour créer un dogme particulier et des rituels inaccessibles. Ils vivent en dehors du temps et de la civilisation. Ils attendent, dans leur monde, le jour de l'apocalypse, le cataclysme d'arbres et de boue qui tôt ou tard surviendra.

Les Babilonitas. D'une certaine façon, les gens de là-bas, en amont du fleuve, et moi avons en commun cette déviation vers d'autres mondes possibles. Si ce n'était pas le cas, je ne serais pas là pour la énième fois dans l'unique dessein de recueillir ce mythe qu'on n'a jamais vraiment voulu me raconter. Voilà bien longtemps que j'aurais pu mettre un point final à tout ça, mais non. Ces derniers temps, j'ai vécu des bribes de voyages et de lieux, comme si mon corps ne pouvait s'installer dans un seul espace. Si mon obstination m'empêche de renoncer, en revanche mes os, mes os de l'intérieur qui supportent mes péripéties, me réclament un répit.

Les contours des rives apparaissent enfin, révélant peu à peu l'interminable chapelet d'arbres. Dans la pirogue, le soleil matinal fait l'effet d'un baume après la journée froide et boueuse de la veille. Mais je sais que d'ici peu viendra le supplice de midi. Nous slalomons entre les barges commerciales flottantes, où il vaut mieux ne pas s'arrêter. Je compte sur mes doigts les minutes avant de quitter au plus vite ce ceinturon d'âmes égarées, cette zone lugubre de la forêt, cette désolation. Sur les barges, il est possible d'acheter des foies, des mitraillettes, des briques de cocaïne, qui sait peut-être même des femmes et des enfants. Bref, le genre d'endroit à éviter. Mais nous nous arrêtons sur l'une d'elles, où Baitogogo et ses fils ont laissé leurs fusils de chasse aux soins d'un compère, car ils ne sont pas autorisés à porter des armes à feu en dehors de leurs terres. En me voyant assis dans la pirogue, le compère en question est surpris, un étranger naviguant avec des gens que les Blancs jugent si rétifs. Il est encore plus surpris en découvrant que non seulement je voyage dans leur pirogue, mais que je parle aussi leur langue. Fait rarissime dans ces contrées.

Le prochain arrêt est la ville du jamerosier, dernier bastion des terres du chaos avant d'entrer dans le labyrinthe vert. Une jolie petite ville, avec sa place jonchée des fleurs violettes du jamerosier qui, à la bonne saison, donnent à la terre des coloris improbables. Je me souviens aussitôt du monde en amont du fleuve – le violet invraisemblable des fleurs, qui recouvre un sol n'appartenant plus aux seuls vivants. Mais l'aspect idyllique de la petite ville cache un autre enfer, une espèce de *reality show* en direct et en couleurs, avec son lot de commérages sans fin, d'ivresse, de coups, d'escroqueries et de brutalités. C'est là que régulièrement les gens de la forêt viennent s'enliser dans la vie précaire et corrompue des ultimes confins de la civilisation. Ils semblent tous vivre avec des esprits accrochés à leur dos – c'est ce que disent parfois les anciens qui habitent dans les villages en amont, mécontents de la confusion qui règne dans ces rues.

C'est ce que pensent les anciens – et moi aussi, d'ailleurs. Car ce territoire appartient de toute façon aux Indiens, depuis bien longtemps expulsés par les vagues de Blancs opportunistes qui s'y sont installés. Et malgré toutes les complications, ils sont parvenus à gérer intelligemment l'espace, transformant les quartiers en extensions de leurs propres villages. Allant à l'encontre des intérêts des Blancs et des métis, les gens qui sont descendus ces dernières années de leurs terres finiront par transformer cet endroit en un autre type de ville, plus proche de celles qui ont toujours existé, éparpillées le long des rivières avant l'arrivée des envahisseurs. Il me faut être attentif à ce phénomène, cette nouvelle forme d'occupation, probablement plus pertinente que la nôtre.

En fin d'après-midi, je découvre, pour mon malheur, que le maire exploitant de bois a organisé une fête pour berner les Indiens. *Forró*, *cachaça* et grillades en échange de quelques votes. Le barnum dressé au milieu de la place montre que ça va loin. Des motos arrivent par dizaines. Baitogogo reste discuter avec moi dans la pirogue jusqu'à une heure avancée. Nous parlons des gars tombés en pleine rue, des parents complètement cuits qui se font frapper par des Blancs. Ils se réveillent ensuite contrits dans un coin, rejetés sur cette terre devenue étrangère, sans papiers et presque à poil, sans rien en dessous de la ceinture. Pourtant, à mon premier signe de fatigue, mon compagnon bondit hors de la pirogue et se dirige à grands pas vers la place. Tout son bon sens ne l'empêche pas d'avoir envie de profiter de la fête des Blancs. J'y aurais moi-même mangé une petite grillade, mais je suis déjà épuisé par le voyage qui ne fait que commencer, je préfère rester discret et dormir seul dans un hôtel.

La dernière fois que j'ai décidé de passer la soirée sur la place, ça a mal tourné. Baitogogo était avec moi et, après avoir mangé des grillades, nous avons bu deux ou trois canettes de bière. Nous étions au bar du Grand Fou, il devait être environ onze heures. Des habitants de la ville sont arrivés, des types qui enchaînent les postes pour contrôler les ressources et vivre de l'argent public, jamais alloué là où il le devrait. Ils se sont assis à côté de nous et nous ont regardés comme s'ils attendaient le bon moment pour commencer à nous provoquer. D'abord Baitogogo. Eh, l'Indien, tu te bourres la gueule, ou quoi ? Fais gaffe, un cul d'ivrogne a vite fait de devenir un bien public, ha ha ha ! Et ton ami là, il va s'occuper de toi ? C'est une nounou d'Indiens, hein ? T'es dingue, toi ! Qu'est-ce qu'un mec comme toi vient foutre par ici ? C'est pour te faire du fric sur le dos de ces cons, peut pas y avoir d'autre raison. Baitogogo et moi n'avons pas bougé, n'avons rien dit, le regard tourné vers le côté opposé de la place. Mais l'un des types a insisté, il s'est levé de la table où ils étaient installés et il s'est planté devant nous. T'entends pas ce qu'on te dit, oh le play-boy ? Tu fais semblant d'être sourd ou quoi ? Moi qui n'ai jamais aimé la confrontation, j'ai feint de ne pas être concerné. Mais le gars n'arrêtait pas, tandis que les autres ricanaient derrière. Écoute, on n'a pas envie de discuter, laisse-nous manger tranquilles, ai-je répondu en essayant de désamorcer la situation. Nous, on veut bien vous laisser tranquilles, mais le problème c'est que vous êtes pas en train de manger. Et cette canette de bière ? Dans pas longtemps, ce sale Indien va se mettre à chanter au beau milieu de la place, il va emmerder tout le monde. Sale Indien qui pue la merde ! Et toi ? T'es qui pour nous donner des leçons de morale ? Je ne donne de leçons de morale à personne, je ne te connais même pas !

Après avoir payé l'addition, nous nous sommes levés pour partir. Des parents de Baitogogo, ses cinq fils et des neveux, sont arrivés par hasard de l'autre côté de la place.

Laisse-moi passer, on s'en va, ai-je dit tandis que je tentais de me faufiler entre les tables. Eh ben, tu devrais savoir qui je suis, a répondu le type en braquant un 38 sur mon ventre. Tu devrais savoir qu'on est les seuls à traiter avec cette bande d'Indiens, pigé ? C'est nous qui leur disons ce qu'ils ont le droit ou pas de faire ici. Et aucun play-boy ne va leur monter la tête avec ces histoires d'écologie, de droits de l'homme, putain de bordel de merde ! Baitogogo, qui était à côté de moi, a compris la menace et a parlé d'une voix basse mais ferme. Vaut mieux que tu poses ton truc et que t'y touches plus. Mes parents sont là-bas, tu vois ? Ça va mal tourner pour tes gars. Là où on vit, personne ne pointe jamais une arme sur un autre, sauf sur le gibier. Mais le gaillard insistait, tout fier de lui. J'ai pas peur de tes parents ! Ils peuvent tous me tomber dessus, on les truffera de plomb ! a-t-il répondu, laissant entendre que ses amis aussi étaient armés. Ça, truffer de plomb tu sais faire, c'est ce que t'as toujours fait avec les nôtres. Mais après tu vas te retrouver boiteux, muet, et le truc tout mou là en dessous il arrivera plus à se redresser, pareil que ce qui est arrivé à ton oncle Edilésui, pas vrai ? C'est bien lui qui nous a provoqués et après, y a eu ce souffle, un vent qui est entré la nuit par sa fenêtre ? Tu te rappelles ? Allez, dégage ! Range-moi ça ! Baitogogo a avancé et le type l'a laissé passer, en regardant ses amis, l'air un peu contrarié. Adaílton, vaut mieux laisser tomber, ce gars vient de là-haut, de la région des sources, il est pas de la ville. Fais gaffe, si ça se trouve, c'est un *pajé**. Le gaillard a reculé et a baissé son arme, qui m'égratignait à travers mon tee-shirt. Tu t'en sors pour

* Chaman d'Amazonie.

cette fois, mais attention quand tu reviendras dans les parages, play-boy. Et toi, bouge de là, sorcier de mes deux ! Bouge avant que je perde patience pour de bon !

Nous avons quitté le bar et marché tranquillement dans la rue. Baitogogo m'a regardé, un sourire aux lèvres, calme comme toujours, alors que je n'arrivais pas à cacher mon indignation.

Les Blancs s'imaginent qu'on peut tirer que sur ce qu'on voit, me dit Baitogogo. Comme un petit oiseau, on lui tire dessus et c'est fini. Mais une balle puissante est une balle qui frappe ce que les yeux ne voient pas ! C'est vrai, tu as raison, Baitogogo. Ces gens ne connaissent pas Tarotaro, ai-je ajouté. T'en es sûr ? Tarotaro, il est bon pour le grand vent, pour envoyer un souffle fort, m'a-t-il expliqué tandis que nous descendions l'escarpement du port en écoutant les *forrós* qui, cette nuit-là, commençaient à chauffer le parquet des maisons sur pilotis.

Le lendemain matin, Baitogogo et moi parcourons la ville pour repêcher nos piroguiers. Nous en trouvons un endormi près d'un arbre, l'autre fourré dans une chambre étouffante, au fond de laquelle on entend des rires de femmes. Ils doivent avoir une sacrée gueule de bois, mais les gens d'ici ont vraiment un autre corps et les voilà qui s'élancent dans la pirogue, comme si de rien n'était. Je me surprends une fois de plus aux prises avec les mêmes divagations qui m'irritent. Pourquoi diable devrais-je arracher les jeunes à la nouba alors que moi-même je ne suis pas de bois ? À quoi bon jouer un rôle qui ne me revient pas ? Pour montrer que le monde des Blancs ne se réduit pas à la *cachaça* et aux putes ? Ah, ça me soûle, je ne suis le père de personne. La seule chose dont j'ai envie, c'est poursuivre le voyage dès à présent.

Nous parvenons enfin à ramener tout le monde dans la pirogue. Voir la ville qui s'éloigne me réjouit. Cette fois, fuir les ennuis et traverser cet endroit le plus vite possible s'est avéré plutôt facile. Nous naviguons toute la journée sous un soleil de plomb. Pas un seul nuage n'apparaît pour apporter un peu de pluie ou d'ombre. Sous le plancher de la pirogue coulent une eau fétide, ainsi que des morceaux de viande pourrie, des restes de leur semaine de voyage lorsqu'ils sont descendus me chercher en ville. Je me dis que nous allons devoir faire un grand nettoyage au prochain arrêt. Ina, l'une des filles de Baitogogo, examine mon dos en quête de points noirs et de boutons. Elle porte une nouvelle peinture faciale à base de vernis à ongles et de rouge à lèvres. Ina a un sourire particulier et des yeux brillants, rehaussés par de petites croix rouges dessinées sur ses deux tempes. Japinim, son plus jeune frère, est caché derrière le hamac suspendu aux traverses du bateau, il fait des grimaces et m'arrache un sourire. Voilà des semaines qu'il n'enlève pas son tee-shirt Angry Birds qu'il a dégoté je ne sais où. Le connaissant, il va le mouiller et le sécher sur son corps, comme s'il s'agissait d'une éternelle seconde peau.

Des tas de babioles sont empilés dans la pirogue. En plus de tous mes vivres et équipements, il y a encore de la place pour une sono géante, un vélo déglingué, des sacs de nourriture et de sel, un porcelet provenant des Blancs, des caisses et des caisses de matériel scolaire et d'autres jerricans d'essence. Tous ces déchets inutiles que nous produisons et qu'ils ont également chargés, sans doute fascinés par ce qui vient des étrangers. Il vaudrait mieux brûler tout ça, me dis-je, tandis que j'observe les scintillements du fleuve.

À midi, nous mangeons des œufs au plat, de la farine, du riz, des pâtes et du manioc. Baitogogo s'assoit à l'avant pour signaler les troncs d'arbres immergés. Installés à l'arrière de la longue pirogue, ses fils s'occupent du moteur. Les femmes, les enfants et moi restons au milieu. Elles ouvrent frénétiquement tous mes sacs à la recherche des perles de verre et se répartissent déjà les plus belles. Plus pondérés, les gosses montent sur mes épaules et manquent de m'arracher les cheveux.

En fin d'après-midi, nous passons devant le poste de contrôle du gouvernement sous un coucher de soleil spectaculaire. La lumière atténue l'aspect oppressant de cette installation policière enclavée dans la jungle. Cette fois, nous n'allons pas pouvoir dormir dans leurs logements, occupés par les nombreux travailleurs venus construire un nouveau radar, censé servir à surveiller la forêt.

C'est un bâtiment récent, qui doit dater d'une dizaine d'années. Le gouvernement estimait que sa présence aux frontières était affaiblie et qu'il pourrait perdre définitivement le contrôle s'il laissait le champ libre aux magouilles internationales qui se cachent dans la région. L'idée était aussi de prêter main-forte aux Indiens qui vivaient à la merci des orpailleurs, des marchands de bois et autres parasites, à grand renfort de mercure, de *cachaça*, de viols et d'assassinats. On a donc construit à la confluence des deux derniers fleuves cette infrastructure, devenue la seule présence effective de l'État sur des milliers d'hectares.

Lors d'un arrêt rapide, nous procédons à l'indispensable nettoyage du fond de la pirogue et discutons avec le chef du poste. Il raconte que des Garofos sauvages sont descendus la semaine dernière à bord de canots d'écorce.

Ils cherchaient des casseroles et étaient armés de lourdes lances. Ils sont entrés dans la cuisine et ont volé des paquets de farine et de biscuits.

Il semblerait que les Garofos d'ici soient la cible d'attaques de la part d'autres Indiens encore plus isolés, ceux qui vivent dans la région des sources. Certains portaient même des excoriations sur le corps. C'est l'une des raisons qui a motivé la création du poste. Ils ont en effet commencé à descendre et à vouloir coûte que coûte entrer en contact avec les Blancs. Il y a plusieurs années, certains ont été tués par un groupe d'orpailleurs, juste au début de la construction du bâtiment central, si je ne me trompe pas. C'étaient, semble-t-il, des représailles à cause d'une autre attaque perpétrée par les Indiens sur le même groupe, une histoire mal racontée, où les récits confus de cannibalisme, jamais vraiment confirmés, ne manquent pas.

Les Garofos sont étranges. Je n'ai jamais réussi à imaginer ce qui peut se passer dans leur tête. Impossible d'interpréter leurs regards, tournés vers d'autres orbites. Ils ont toujours un sourire au coin des lèvres tandis qu'ils tiennent en main leurs lances de presque deux mètres de longueur. Ces gens sont impénétrables, même pour moi qui suis habitué au fleuve, ainsi que pour mes collègues de labo ou pour les fonctionnaires du gouvernement qui travaillent au poste. Les malheureux, qui ont décidé, on ne sait pas très bien pourquoi, de quitter leurs villages pour se retrouver ici sur les rives du fleuve sont en fait bien trop proches de ce ceinturon de destruction. La ville semble les attirer comme un estomac obscur. Sans le poste, ils se seraient déjà engouffrés dans ce merdier sans nom.

On me donne d'autres nouvelles de ce recoin perdu, toujours dans l'idée de m'impressionner. La semaine dernière, ils ont trouvé les morceaux d'un riverain près d'un campement abandonné, aux abords de l'autre fleuve. Des braises fumaient encore. Je me souviens d'avoir vu une série d'informations dans les journaux, avec ce genre de détails qui aiguillonnent l'imagination cannibalesque des gringos et noircissent les pages d'Internet. Mais ici tout est différent. Les Indiens savent qu'il doit s'agir d'une dispute ou d'une histoire de jaguar.

– Attention ou tu vas finir dans l'assiette d'un Garofo ! plaisante un des travailleurs.

– Au moins j'assouvirai la faim de quelqu'un et ne pourrirai pas dans la terre ! je réponds et tout le monde rit.

Le chef du poste, un type du Pará qui doit avoir la cinquantaine et qui ne rate jamais une occasion de me provoquer, s'approche de moi. Je lui demande s'ils ont réussi à repérer les pistes d'atterrissage clandestines dans la région des sources. Il me répond qu'ils y travaillent toujours, que je vais peut-être entendre des avions passer au-dessus du village la nuit, mais que je ne dois pas m'inquiéter.

– Les Garofos ont trop accaparé notre attention par ici et nous n'avons pas assez de personnel pour surveiller les autres zones de la forêt, m'explique-t-il.

Le responsable de la cuisine met la table pour le dîner, auquel nous ne sommes pas conviés. Baitogogo et moi nous retirons donc dans notre pirogue, non sans avoir auparavant écouté les traditionnelles provocations du chef, qui cherche toujours à me mettre à l'épreuve devant les Indiens. Au début, ces plaisanteries me gênaient, mais je n'ai à présent simplement plus de patience pour les pinailleurs de ce petit monde étriqué. Il ne baiserait pas vos femmes, hein ? Il ne va pas voler les remèdes de la forêt ? Regardez-moi un peu ce type !

Les Indiens se moquent du chef et lui disent d'aller là-haut sur le fleuve et d'y rester, comme moi. En effet, le chef n'a jamais dormi une seule nuit dans les villages en amont. Il passe sur son puissant hors-bord, distribue ses ordres et repart le jour même. Il ricane, mal à l'aise, puis applique le protocole, en me disant qu'il se tiendra à ma disposition au cours des prochains mois pour tout ce qui sera nécessaire. Il suffit de m'appeler par radio. Oui, je le ferai certainement d'ici quelques mois, merci, je réponds de manière tout aussi protocolaire, sans cacher que je préfère de loin la compagnie de mes parents dans la pirogue à tout le confort du poste. Sobre, militaire, mais un luxe sur l'échelle actuelle des choses.

Je crois que ce chef et ceux qui sont passés par là n'ont jamais compris la raison de mon mépris pour leurs petits pouvoirs. Et ils ne réussiront probablement jamais à comprendre pourquoi je me fiche autant de leurs hiérarchies, si sagement raillées par le peuple en amont du fleuve. Je descends l'escalier en éprouvant une légère satisfaction, sachant que dorénavant je n'aurai plus de comptes à rendre à aucun Blanc ; je vais enfin pouvoir de nouveau m'empêtrer dans les trames des rivières et des histoires, en premier lieu celle qui me manque, celle de l'attrapeur d'oiseaux, ce récit étrange dont, pour une raison ou une autre, les racines d'un arbre obscur et inaccessible m'enveloppent.

Nous installons nos hamacs dans un *tapiri*, un abri abandonné au bord du fleuve, juste à côté de notre pirogue, et nous laissons le sommeil venir tel un serpent silencieux.

Labyrinthe

Baitogogo se réveille avant que je ne rêve d'ouvrir les yeux. Il est agenouillé sur le débarcadère en bois, le regard rivé sur les eaux encore sombres. Enroulé dans ma couverture, je l'entends susurrer un chant que je ne comprends pas. Les autres se réveillent à leur tour et restent debout, sur la berge, bien qu'il ne fasse pas encore jour. Prisonnier d'un rêve meilleur, je retarde le moment de me lever, mais je n'ai pas le choix. Nous rassemblons rapidement nos affaires et partons à l'aube.

La fine brume qui surplombe l'eau semble voiler un monde improbable – bien plus que celui des Babilonitas, qui vivent là-bas aux confins du chaos. Je suis heureux de laisser tout cela derrière moi. Heureux, tout en éprouvant une profonde fatigue accumulée et l'envie de partir ailleurs. La perspective que cette fois la boucle puisse être bouclée me donne du courage, comme si un épilogue pour ce qui m'a ces derniers temps privé de moi-même se préparait. Les éléments obscurs qu'il me faut encore résoudre, le lien probable entre l'attrapeur d'oiseaux et les spéculations sur le surgissement du monde, une articulation fragile et douteuse indiquant une piste à creuser. Et puis j'ai beaucoup repensé à Antonio Apiboréu et aux anciens de là-haut, les gens qui me manquent vraiment. À ce stade de la vie, une fois franchi la barre des quarante ans, on s'attache davantage à ceux qui ne sont pas uniquement de passage.

Découvrir cette articulation est en quelque sorte une façon de rendre hommage à ces anciens, dont les connaissances m'ont toujours dépassé. C'est faire justice à l'architecture captivante de leurs histoires. C'est la raison pour laquelle mes recherches autour de l'épisode de l'attrapeur d'oiseaux sont devenues plus une obsession qu'un devoir : au milieu des silences que j'ai rencontrés, une voie semblait se frayer vers des clairières insoupçonnées. À moins que cette obsession soit une méprise, un pas en avant particulièrement hasardeux dont je devrais m'abstenir ?

À ce stade du voyage, le fleuve n'est plus l'immense miroir du début, il est désormais mesurable. Nous apercevons ses deux rives qui forment peu à peu un couloir sinueux et interminable, un couloir-estomac qui nous aspire dans son tempo. Sur la berge opposée, nous voyons bientôt défiler les débarcadères des villages des Garofos, qui frappent leurs lances contre les arbres et nous observent, agités. Certains d'entre eux pagaient dans notre direction à bord de leurs pirogues en écorce et s'apprêtent à se saisir de notre bateau.

– Si vous les laissez monter, ils vont toucher à tout et nous piquer nos marmites, nos fusils, nos coutelas ! s'écrie Baitogogo. Poussez la pirogue de l'autre côté, comme ça ils vont pas y arriver, indique-t-il à ses fils qui contrôlent le moteur enchâssé à l'arrière.

Notre moteur est manifestement plus puissant, et les Garofos restent derrière nous en arborant un air de déception. Baitogogo raconte qu'un oncle est allé vivre avec eux il y a quelques années. Longtemps sans nouvelles de leur parent, ils sont partis à sa recherche et ont retrouvé sa dépouille en décomposition gisant sous un arbre. S'ils n'avaient pas vu les morsures de loutre géante sur l'un de ses tibias, ils se seraient vengés à coup sûr. Autrefois, les représailles pour de telles attaques étaient monnaie courante. Les Garofos conservent des souvenirs amers de cette période, où ils étaient persécutés par d'autres peuples de la région. C'est sans doute ce qui a poussé certains d'entre eux à descendre plus près des berges, pour se rapprocher du poste du gouvernement. Ils pouvaient ainsi échapper aux embuscades, sans avoir la moindre idée de l'autre monde qu'ils trouveraient.

Sebastião Baitogogo est un ami de longue date. C'est lui qui m'a accueilli la première fois et qui m'a baptisé. J'ai habité chez lui plusieurs mois avant de séjourner dans d'autres carbets*. Mais c'est finalement avec sa famille que j'ai tissé les liens les plus forts. Il a travaillé pour les Blancs dans le bois et le caoutchouc, il a vécu un temps en ville. Il a perdu sa première femme, sa préférée, d'un mal foudroyant. Il s'est remarié aussitôt après avec la nièce de celle-ci, la mère d'Ina, qui est plus jolie et plus jeune, mais moins intéressante.

La sympathie de Baitogogo tranche parfois avec sa façon déconcertante de se fermer, un silence qui coupe court aux conversations et laisse entrevoir des zones inaccessibles.

* Hutte en bois surmontée d'un toit de chaume, sans mur et généralement sur pilotis, typique des cultures amérindiennes.

Son regard translucide semble dans ces moments-là rivaliser avec la vilaine cicatrice qui lézarde son visage, une marque due à un mauvais coup de coutelas dans les branchages. La cicatrice mal refermée s'étend de la joue gauche jusqu'en bas du nez et cache une amertume plus profonde, sans doute liée à la perte de sa première femme, survenue à l'époque de l'accident. Ses sautes d'humeur me font souvent sentir un peu à l'écart, comme si elles dénonçaient ma condition d'étranger que je m'efforce d'oublier afin de tenter d'alléger mon existence en ces lieux.

Pour mon malheur, Baitogogo demande à ses fils d'accoster la pirogue – ils ont senti une odeur de pécari dans l'air. Ils s'enfoncent aussitôt dans le sous-bois, tandis que nous attendons dans le bateau infesté de *piuns* et autres moustiques. C'est l'un des pires moments de ces voyages, capables de faire renoncer n'importe quel type un peu faible. Malgré la chaleur insupportable, je couvre chaque centimètre de mon corps afin de ne pas avaler des nuées et des nuées de *piuns* qui s'infiltrent par la bouche et par le nez. Ils savent bien qu'il ne faut pas s'arrêter sur cette partie du fleuve, territoire des Garofos, mais leur envie de viande l'emporte, et ils ne peuvent résister à la facilité avec laquelle les porcs s'offrent à leurs fusils.

Un peu plus tard, ils reviennent avec deux pécaris sanguinolents. Ils les dépècent sur place et jettent les morceaux dans le trou à l'avant de la pirogue. Les boyaux aussi. Si l'on abandonne les tripes sur la berge, la Bête se vexe et cache ensuite ses animaux. La Bête n'apprécie guère que l'on gaspille la chair de ses parents. Par ici, l'éthique de la chasse est prise très au sérieux, le moindre détail est rigoureusement respecté dans la forêt, qui a sa façon à elle de se venger.

Rien d'autre n'enthousiasme autant la troupe : un vrai repas, de la venaison en abondance, comme on n'en trouve plus beaucoup en amont du fleuve. L'odeur de charogne sera la contrepartie ingrate des jours à venir. L'astuce consiste à tout dévorer le plus vite possible, une stratégie permettant également de prévenir les futures carences en protéines. La pirogue remplie de viande, nous reprenons la route vers midi. Le soleil au zénith mortifie de nouveau, encore que la brise qui traverse le bateau l'atténue un peu. Des berges à n'en plus finir, des marigots et des lignes droites qui commencent à altérer la vue et l'ouïe. Le fleuve semble pénétrer comme un ver dans les concavités du cerveau et en modifier les axes. Peu à peu tout le reste se transforme en bruit ; les multitudes de voix, de gens et de requêtes de la ville se trouvent reléguées dans les coulisses de la mémoire.

Les nids des caciques cul-jaune accrochés à la cime des grands *matamatás* dévoilent un autre état. Ces oiseaux tendent d'innombrables bourses dans les branches – des maisons en toile soigneusement tissées à l'aide de leurs longs becs noirs, admirable architecture dont les Indiens s'inspirent pour leurs carbets. Les véritables villes sont désormais là, dans ces bourses où les oiseaux s'entassent, et non dans les villages des Indiens, qui sont à plusieurs jours de distance les uns des autres. On ne trouve de foule que chez les oiseaux.

Ce voyage en pirogue est un tableau aux variations minimes que le temps permet de révéler. L'ombre des arbres avance sur l'eau au gré des changements de la journée, la couleur des reflets du fleuve s'altèrent, les nuages deviennent rouges à l'annonce d'un nouveau crépuscule. Nuage de guerre, dit quelqu'un en pointant l'un de ces châteaux orangés suspendus dans les airs.

Les enfants se calment enfin, et je peux m'adosser contre un caisson afin de regarder le ciel tout en ouvrant un livre. J'en profite pour relire quelques lignes du vieux Français : « En vérité, le *mythe de référence* n'est rien d'autre, comme nous essaierons de le montrer, qu'une transformation d'autres mythes provenant soit de la même société, soit de sociétés proches ou éloignées. » Dernièrement, ce passage qui concerne l'histoire de l'attrapeur d'oiseaux me perturbe. Quelque chose manque à cette réflexion lucide, aussi évidente que les variations des rives du fleuve. Si les mythes sont toujours les mêmes, mais transformés ici et là dans l'un ou l'autre détail, recomposés dans tant d'autres versions, finissant par former une vaste trame indéfinie, alors pourquoi persiste-t-on malgré tout à les raconter ? Il est vrai que l'exercice même de la variation est plaisant. Pour Baitogogo et ses fils, le fleuve, implacablement identique à mes yeux, révèle une série d'arrêts, d'événements mémorables gravés dans ce tableau en apparence monotone.

La variation des récits constitue pourtant une gymnastique mentale. Elle n'aurait de sens que si elle était motivée par quelque chose de plus – l'expérience de raconter une histoire, peut-être, ou d'être traversé par elle –, par autre chose se trouvant derrière les mots, par un monde singulier. À l'image des caciques cul-jaune vivant dans leurs maisons, qui pour nous sont de simples bourses accrochées aux branches. Mais pourquoi les anciens refusent-ils de me raconter cette maudite histoire ? Et pourquoi je m'obstine à vouloir la recueillir alors que je pourrais m'atteler à une autre ? Mais non, je continue, je veux savoir où cela va aboutir.

Une assiette de pécari accompagné de manioc et de banane plantain grillée tombe sur mes genoux et m'oblige à refermer mon livre. D'un geste à la fois rude et gentil, la cuisinière parvient à me tirer de la mélancolie dans laquelle je suis plongé et qui, ces temps-ci, me rend inquiet et mécontent de mon incapacité à anticiper les processus et à refuser de reconnaître sainement mes limites. La vue de l'assiette me rappelle aussitôt que je suis affamé. Aucune viande n'est comparable à celle-ci. Ni salée ni condimentée, elle est pourtant tout à fait exquise. Cela dit, il convient de faire attention aux éclats de plomb qui restent parfois accrochés à la chair des porcs.

Ina me demande si j'en veux encore et me sert aussitôt un deuxième morceau. Assise à côté d'elle, sa mère a la poitrine opulente, car elle allaite son bébé. Les deux femmes se sont déjà débarrassées des vêtements des Blancs – un artifice pour pouvoir circuler en paix en ville – et exhibent leurs magnifiques colliers de perles et leurs jupes colorées. Après le repas, Ina coiffe les cheveux de sa mère, qui refuse les barrettes à fleurs en plastique que sa fille a achetées à l'épicerie.

À l'horizon, le ciel étoilé commence à s'ouvrir. Nuit de nouvelle lune, qui promet d'être assez sombre pour exiger nos lampes. Comme il fallait s'y attendre, la batterie du projecteur est déchargée. Nous allons nous contenter de nos torches, qui ne sont évidemment pas assez puissantes pour éclairer les branchages. Je gagne la proue pour tenir compagnie à Baitogogo. Nous ne pouvons pas nous arrêter pour dormir sur les berges. Nous sommes toujours sur le territoire des Garofos, qui n'ignorent pas notre présence ; ils suivent le bruit de notre moteur lorsque nous traversons la région.

La nuit, nos lampes-torches ne nous permettent pas de déceler les troncs qui s'approchent de la pirogue, ni de distinguer le sens du courant. Pour ce faire, je découvre avec eux une technique alternative : suivre du regard la ligne ténue séparant le ciel sombre des arbres, l'axe d'un cône qui part du fond des yeux et se referme sur le point de jonction entre ciel, forêt et fleuve. Grâce à l'ouverture plus ou moins grande du reflet délicat de la lumière sur les eaux, nous pouvons savoir si nous entrons dans un marigot ou si nous sommes toujours sur une ligne droite. Cette technique permet également de déceler les zones les plus dangereuses, où les branches des vieux fromagers tombés s'accumulent sous l'eau, et qu'il nous faut systématiquement contourner. La moindre distraction peut suffire à dévier la pirogue et à la faire repartir en arrière, nous donnant l'illusion de continuer en avant. Ou encore à provoquer une collision brutale et un possible naufrage. Je remarque, de fait, que la pirogue semble aller plus vite qu'elle ne le devrait, peut-être parce que nous sommes en train de revenir sur nos pas sans nous en apercevoir.

– Baitogogo, tu es sûr que nous remontons le fleuve ? je demande à un moment donné, quelque peu perdu quant au sens du courant.

– On dirait que c'est le courant, mais il se pourrait que non. Vaut mieux éclairer là-bas pour vérifier.

– Mais la lumière est faible, on ne distingue pas grand-chose.

– Non, éclaire ici que je voie si le fleuve coule à contresens !

– Et depuis quand le fleuve coule à contresens ?

– T'es fou ! Il a toujours fait ça. Regarde là-bas, il coule pas dans le bon sens. Faut vite faire demi-tour !

Baitogogo s'aperçoit que nous descendons le fleuve au lieu de le remonter et demande à ses fils d'inverser le sens de la pirogue. Cette plaisanterie nous aura fait perdre trois bonnes heures dans la mauvaise direction. Les dernières années passées dans la jungle ne m'ont pas suffi pour apprendre que le fleuve peut couler dans un sens différent au milieu ou le long des berges.

– C'est quoi cette histoire de fleuve qui coule dans les deux sens ?

– Ben, il est comme ça.

– C'est-à-dire ?

– Il coule dans les deux sens, comme s'il se foutait de nous !

– Et il y a une histoire ?

– Oui, oui. On dit qu'y en a une.

– Et qu'est-ce qu'elle raconte cette histoire ?

Baitogogo sort son petit flacon de *rapé**. Nous en prisons ensemble. La nuit pèse déjà sur nos épaules et le *rapé* altère la vue et l'histoire. Baitogogo change et se met à parler « en dialecte » – la façon dont ils ont été contraints de dénommer leur propre langue. J'essaie de prendre le

* Poudre fine, composée de tabac, de plantes, de cendres d'arbres et de graines, utilisée en médecine sacrée.

plus de notes possible dans l'obscurité et dans la confusion des lampes-torches et des méandres du fleuve. Il semblerait que le fleuve coulait autrefois dans les deux sens, on pouvait le monter et le descendre sans avoir besoin de pagayer. Ce n'est que plus tard, lorsqu'un malfaiteur des temps mythiques décida de garder le fleuve seulement pour lui, que les choses changèrent. Le malfaiteur retint les eaux dans sa bouche afin d'affamer les ancêtres. Mais un poisson *piaba* lui mordit la gorge et il ne put résister. Il recracha les eaux avec une telle violence que le fleuve se mit à couler dans un seul sens. Depuis, il coule à contresens uniquement le long des berges, mais plus faiblement.

– Tu devrais pas écrire ça, y a qu'un *pajé* plus fort qui peut la raconter. Moi, je la connais pas bien, je connais seulement une toute petite partie.

– J'écris juste pour m'en souvenir, plus tard on essaiera de trouver quelqu'un qui connaît toute l'histoire. Comment elle s'appelle ?

– *Atãma amaru ogava*. Voilà.

Je note une traduction possible : « Celui qui autrefois avala le fleuve. » Baitogogo et moi prisons encore un peu de *rapé* et continuons de regarder l'eau. Une pluie fine commence à tomber, compliquant encore davantage les choses. Le reste de la nuit est un effort continu pour essayer de trouver le sens du fleuve et déceler les troncs d'arbres qui descendent des sources. Beaucoup de *rapé* et de fatigue. Une fatigue qui atteint la racine des os. Épuisé et malade à cause d'un paludisme mal soigné, Baitogogo s'allonge sur le banc à l'arrière. Je dirige seul la longue pirogue en guidant les garçons qui se relaient à l'autre bout.

Enfin, au moment où ma vue s'habitue aux tours de passe-passe du fleuve, le jour commence à se lever et le soleil pénètre doucement derrière la brume. Cet après-midi, vers trois heures, nous arriverons dans un village où vivent des parents de Baitogogo. D'ici là, pas question de s'arrêter, sauf pour chier vite fait dans les ravins.

Nous passons devant la Capoeira Blanche, un groupe d'arbres plus petits qui tranchent parmi les plus grands. Baitogogo fait signe à ses fils et me raconte que c'est là que les chevelus ont massacré les anciens pour la première fois. C'étaient, semble-t-il, des chasseurs descendus des sources à la recherche de femmes. Ils tombèrent sur un village qui se trouvait là et où vivait le grand-père de Baitogogo et ils firent la fête. Aux environs de minuit, les anciens entendirent les sanglots de l'engoulevent. Puis un deuxième et un troisième engoulevent se mirent à pleurer. Quelque chose d'étrange allait se produire.

Les anciens commencèrent à se méfier des visiteurs et, discrètement, placèrent leurs femmes à l'abri dans la forêt. Les chevelus, cependant, comprirent ce qui se passait ; ils lancèrent des flèches empoisonnées à tout vent et mirent feu aux *malocas**. Ceux qui s'étaient enfuis dans la forêt eurent la vie sauve, ceux qui étaient restés périrent sous l'effet d'un sortilège. Les chevelus auraient pris la fuite en emportant deux adolescentes. Ils s'envolèrent au-dessus des arbres sans que personne ne pût les retrouver. Apparemment, c'étaient des hommes chauves-souris, des hommes qui vivaient ailleurs.

* Grande maison communautaire située au centre des villages amazoniens.

Baitogogo vient s'asseoir à côté de moi et me demande si je connais toutes les villes du monde. Il me demande si on peut passer des appels dans toutes les villes du monde. Je lui dis que oui, c'est possible, mais que j'en ai visité seulement quelques-unes. Satisfait de ma réponse, il réclame à manger à sa femme. La mère d'Ina nous apporte une autre assiette de viande de pécari et de manioc, que nous partageons. Il me demande comment va ma famille et si mes trois petites sœurs ont des enfants. Je lui dis que oui, elles sont toutes mariées et ont des enfants.

– Et toi, pourquoi t'es seul ? Ta femme a pas d'enfant ?

– Je n'ai pas de femme, mon frère. J'ai quitté l'autre et maintenant je suis seul.

– Seul ? Tu serais pas plutôt un séducteur ? T'es malade ou quoi ?

– Je ne suis pas du tout un séducteur, mon ami, c'est juste que ce n'est pas facile d'être marié et de venir travailler ici.

– Alors viens vivre avec nous ! Cultive une parcelle derrière le carbet de Pavõ. Un abattis. Y a de la bonne terre là-bas, de la terre noire !

Baitogogo fait part aux femmes de notre conversation. Ina rit et dit que j'ai l'air triste. Sa mère ajoute que je suis maigrichon et me sert une autre assiette de porc. Baitogogo raconte l'histoire d'un garçon qui était triste et qui a été enlevé par le Capitaine de la forêt. Je dis que je ne suis pas triste, juste seul. Or, pour eux, être seul n'a aucun sens. Pourquoi faire le choix de rester seul ? La tristesse est l'affaire des gens égarés, sans famille. Ma condition leur est une énigme. Je suis devenu un parent en cohabitant avec eux, en partageant la nourriture, en gagnant leur confiance, mais pourquoi avoir laissé les miens chez moi ? Et pourquoi je n'ai pas d'enfants ? Pourquoi, enfin, je m'obstine à vivre là-bas auprès d'eux ? Je ne sais moi-même comment donner un sens à tout cela, j'ignore dans quelle mesure je suis convaincant à leurs yeux, ou même aux miens. Je commence à douter de plus en plus de mes propres vérités – à l'exception de cette obsession, l'histoire de l'attrapeur d'oiseaux.

En fin d'après-midi, quatre heures plus tard que prévu, nous approchons du village à la falaise rouge, le premier après plusieurs journées de voyage. Les habitants nous attendent alignés au sommet de la petite colline. La fumée qui s'échappe de *maloca* est toujours de bon augure, signe qu'un bon repas se prépare. Nous amarrons la pirogue au débarcadère et en profitons pour nous baigner avant de monter. En mettant pied à terre, tout tangue, j'ai l'impression que je vais tomber. Mon corps est fourbu, comme s'il s'était fait broyer. Propres et ayant plus ou moins recouvré nos esprits, nous montons au village. Le plus jeune fils de Baitogogo reste en bas pour surveiller les affaires.

Oleno, le vieux et sympathique cacique unijambiste, nous accueille avec joie et nous conduit à l'intérieur de la *maloca*. Assis en triangle, selon la tradition, nous passons nos mains sur la tête des uns et des autres en signe de reconnaissance. Faisant fi de la faim de tous, Baitogogo raconte ensuite ses dernières expériences pendant environ une heure. Personne ne l'interrompt. Baitogogo dit avoir rêvé de l'homme qui n'a pas de visage. Surgi de l'obscurité, le sans-visage s'est avancé dans sa direction et lui a tendu un tabouret en forme d'urubu, une aiguille à coudre et une boîte rectangulaire. Après lui avoir remis tout cela, il s'est retiré et a disparu de nouveau dans la pénombre.

Oleno écoute attentivement le récit de Baitogogo ; nous sommes tous attentifs, à l'exception des enfants et des adolescents qui écoutent à la radio un duo du Sertão à la mode. Oleno dit qu'il n'a rêvé de rien, qu'il a vraiment un œil de mort et qu'il dort comme un vieux chien. Mes nuits aussi, du reste, sont encore opaques, comme si mon cerveau était scellé par cette sempiternelle mélancolie. Baitogogo propose à Oleno de remonter avec nous et de séjourner un moment chez lui, mais il décline l'invitation ; il a beaucoup de travail dans son abattis et deux filles qui vont accoucher dans les semaines à venir. Les assiettes de nourriture arrivent enfin. Tout le monde dévore prestement la tête de tapir, ainsi que les fœtus de singe-araignée rôtis et empapillotés dans des feuilles de bananier. Je me contente du manioc et des bananes mûres que l'on me tend.

Une diarrhée déjà en cours dans mes viscères commence à descendre avec une fureur implacable. Je quitte la *maloca* en courant et me soulage sur un sentier désert. Le reste de la nuit est un enchaînement de sommes et de chiasses violentes dans le sous-bois. Tout ce dont j'avais besoin pour m'affaiblir dès le début du voyage. Et pour me sentir encore plus ridicule, mélancolique, le corps rendu maussade par le manque de sexe. Le lendemain matin, j'avale une bonne dose d'antibactériens, le seul remède capable de retenir ces bestioles furieuses, même si l'effet secondaire est une longue et difficile constipation.

Ils en profitent pour se foutre de moi, car au petit matin le sentier menant à l'abattis est infesté de merde. Je n'ai toujours pas appris qu'il faut éviter de chier sur les chemins, mais bon, je ne vais quand même pas m'enfoncer dans la forêt au risque de m'asseoir sur un serpent ou d'être attaqué par un jaguar ! Serais-je parano ? Baitogogo raconte de nouveau l'histoire du paresseux qui chiait tout ce qu'il mangeait et qui finit par dévorer la forêt entière jusqu'à ce qu'il se retrouve seul sur la cime d'un arbre. Il raconte toujours cette histoire quand j'ai la diarrhée. Les enfants se tordent de rire et me montrent du doigt, « le chieur ». Honteux, bien qu'habitué à l'implacable sens de l'humour local, je descends la falaise en direction de la pirogue, après avoir pris congé d'Oleno.

L'un des fils de Baitogogo s'éloigne un instant du moteur pour se reposer et vient s'asseoir à côté de moi. Il veut savoir ce que nous faisons en ville avec les lèvres des chattes des femmes. Je lui dis que certains aiment les sucer ou les lécher doucement. Je lui en parle pour mon propre malheur, car ce genre de souvenirs n'allège en rien mon état d'esprit. Il grimace de dégoût et me raconte qu'une fille de la ville a voulu qu'il lui embrasse la chatte.

– Et qu'est-ce que tu as fait ?

– J'ai pas touché, y avait du sang.

– Et ce n'est pas possible quand il y a du sang ?

– Non. C'est mauvais pour la chasse, après on trouve pas de gibier dans la forêt.

– Et quand il n'y a pas de sang ?

– C'est dangereux. Ça te donne des démangeaisons aux oreilles et tu peux mourir. Quand t'as le ventre plein, c'est pas bon du tout.

Le garçon repart aider son frère à l'autre bout de la pirogue. Je ne sais pas s'il s'est demandé comment je ne suis pas encore mort en ayant ce genre de pratiques, mais bon, il semblerait que nous ayons réellement des corps différents. Eux traversent avec sérénité les périodes de disette sexuelle, puisqu'il n'y a pas toujours de jeunes filles disponibles pour s'amuser. Et même ce genre d'amusement est différent. Cela dit, j'affronte cette privation de plus en plus calmement. À présent, tout ça me fatigue.

Nous continuons à remonter le fleuve sous un ciel couvert. Ina essaie de souffler sur les nuages et de les envoyer de l'autre côté de la Terre. Bientôt un orage éclate et nous nous abritons sous l'auvent de la pirogue, en tentant de protéger notre cargaison à l'aide de morceaux de prélart et de feuilles de bananier. Je me blottis entre mes genoux. Le bruit du fleuve et de la pluie rend toute réflexion inutile. L'esprit glisse dans le courant pour sans doute échouer dans la mer. Je pense au sexe, encore et encore, je pense au fait que je vais devoir une fois de plus et pour pas mal de temps me contenter de mon imagination, sûrement lasse de répondre à ce type de sollicitation. À travers mes genoux, je distingue un détail des gros seins de la mère d'Ina, mouillés d'eau de pluie. Je ferais mieux de fermer les yeux et de laisser le temps passer.

Je me souviens que Baitogogo m'a un jour raconté que dans leur monde les morts pouvaient baiser avec qui bon leur semblait, comme si là-bas toutes les limites étaient abolies. Ces mêmes limites que l'on retrouve dans nos villes. Mes divagations (et les leurs) contrastent fortement avec la vie que je mène ici. Avec le temps, Ina elle-même a fini par comprendre qu'il était hors de question que je couche avec elle. Les invitations ou les avances n'ont pas manqué, mon désir non plus du reste. Au début, elle pensait que ce serait facile. Et peut-être que ça l'aurait été, facile et naturel. Mais j'ignorais quelles pourraient être les conséquences et je n'ai jamais voulu risquer de compromettre mon travail et de manquer de respect envers ceux qui ont systématiquement été agressés par les Blancs, juste pour m'envoyer en l'air de temps en temps. J'ai toujours considéré cela comme une sorte de rite de passage, dans lequel l'abstinence revêtait tout son sens et donnait de bons résultats.

C'est du moins ce que je pensais et ce que je leur disais, c'étaient les arguments éthiques auxquels je devais m'accrocher pour être capable de vivre là-bas. Cependant, le pouvoir de persuasion de ce discours commençait à s'effilocher. Et puis merde ! Pourquoi ne pas me taper cette jeune fille ? Ne sommes-nous pas tous pareils, n'avons-nous pas les mêmes corps ? Alors pourquoi l'éviter ? Mais aussitôt après revenait le calcul amer des préjugés. Et je me retranchais dans l'attitude de l'hôte bizarre, la tête coincée entre les genoux, calme, pour ne pas envenimer l'atmosphère agréable que j'avais eu tant de mal à conquérir.

Après toutes ces années à cohabiter avec eux, je ne savais toujours pas à quoi baiser ici pouvait ressembler, et encore moins vivre avec une de leurs femmes. Et je ne le saurai sans doute jamais. Ou du moins j'avais conscience que cela impliquerait une autre option, une autre vie que je n'avais pas prévue pour moi. Que cela supposerait de passer de l'autre côté et d'approfondir les liens d'une manière probablement irréversible, comme l'a fait cet écologue anglais qui étudiait un peuple de l'autre fleuve. Ou simplement de voir les relations se replier sur une méfiance que je n'avais pas du tout envie d'assumer.

La pluie continue de tomber avec insistance sur notre dos, et je garde la tête entre les jambes, les yeux posés sur ces seins qui m'inspirent. Mais Baitogogo s'assoit près de sa femme et couvre mon spectacle secret et singulier. Il ne l'enlace pas, j'ai rarement vu ici les couples s'étreindre ou s'embrasser. Il la protège seulement avec son corps, atténuant le froid de la pluie.

L'eau entre par les côtés de l'auvent de la pirogue, détrempant tout. Pendant des heures, impossible de faire autre chose que d'ajuster les prélarts et les feuilles, en essayant de se tenir à l'abri de la pluie. Je cherche à occuper mes pensées, mais tout n'est que musique de serpent, corps de serpent d'eau, doigts de serpents d'eau courant sur mon dos et dans mes oreilles.

Ma colonne vertébrale commence à se bloquer. Nous naviguons depuis plusieurs jours et n'avons eu que quelques heures pour nous étirer. Je me demande combien de temps encore je vais tenir le coup. À côté de moi, Baitogogo a un nouvel accès de fièvre. J'attends maintenant mon tour. Je le soigne en lui administrant les médicaments que j'ai apportés. Je sais qu'il devrait aller mieux dans deux jours, mais d'ici là je me serai épuisé à essayer de contrôler la barre ultra-raide de la pirogue, un engin construit de bric et de broc, avec de vieilles poulies et des chaînes en fer, qui exige beaucoup de force dans les bras pour être manipulé, ou beaucoup de *rapé*.

Je me dis que ce voyage ne sera sans doute pas le dernier, mais j'ai bien peur qu'il soit l'un des plus longs et des plus difficiles. Mais si c'était le dernier, que ferais-je ensuite ? Comment pourrais-je cesser de venir ici, même exténué ? Il est probable que je ne parvienne pas à traduire l'histoire, dont tout indique qu'elle est l'une des plus longues qu'ils connaissent. Est-ce pour cela qu'ils m'embrouillent depuis des années lorsque je les interroge ? Quand le sujet est abordé, Antonio Apiboréu, beau-père de Baitogogo et important *pajé*, se retire systématiquement en disant qu'il est fatigué. Pourquoi affiche-t-il cet air de contrariété et de réprobation lorsque j'aborde la question ? Lui, qui n'a jamais manqué de tout m'expliquer, me laisse à la dérive face à son silence abyssal. Il est impossible que ça ne cache pas quelque chose. Pourquoi est-on parvenu à collecter autant de versions chez d'autres peuples, tout du moins assez pour que le Français ait écrit ses classiques autour de cette histoire ?

Une telle résistance doit signifier qu'il s'agit de la meilleure version, de la plus complète et de la plus significative du continent américain. La meilleure, certainement la plus importante ! Celle qui fonde le surgissement du monde ? Ou ne serait-ce rien de tout cela, mais juste une de mes fabulations erronées ? Il faut que je le prouve, je dois montrer que ces anciens possèdent vraiment quelque chose d'extraordinaire, je dois montrer que je poursuis la bonne intuition, je dois faire en sorte qu'ils comprennent à quel point ce qu'ils croient savoir, eux, les spécialistes, enfin, les soi-disant spécialistes, est insuffisant.

Au labo, les professeurs les plus chevronnés avaient considéré avec défiance mes récits et mes idées un rien farfelues, mais ils savaient que mon implication auprès de ce peuple était devenue réellement intense, et qu'il était donc possible que mes affirmations soient justes. Une version longue, peut-être la plus complète, de l'histoire de l'attrapeur d'oiseaux. Le récit dont le seul nom m'envoûtait,

« L'Attrapeur d'oiseaux », et qui, ces derniers temps, me rongeait de l'intérieur, comme s'il annonçait un effondrement ou une déflagration.

Marcelo Vieira de Andrade, ce collègue de São Paulo ancien étudiant de la Sorbonne, mu par l'esprit de compétition ; ne ratait jamais une occasion de me discréditer en y allant de ses sarcasmes. Il arrivait avec ses ridicules petites épaules d'oiseau voûtées dans son polo, il s'asseyait au premier rang de la salle de réunion, armé de son air de supériorité et de sa carapace de cynisme. Je trouvais ça drôle et j'essayais de ne pas tomber dans ses pièges. Je voulais croire que tout cela avait toujours été plus ou moins une question de carrière ou d'ambition. Je voulais demeurer dans l'obscurité envoûtante, qui se loge au creux des arbres. Mais ces voix, ce type snob et les filles les plus jeunes de la salle, les professeurs toujours à la recherche d'un argument fallacieux pour nous discréditer, ces voix résonnent encore à mon oreille. Et ce putain de courant qui s'accroche au bois du bateau et empêche la barre de tourner, cette putain de lombaire qui ne me laisse pas de répit.

La pirogue s'immobilise après une forte secousse qui manque de projeter les cargaisons par-dessus bord. Un gigantesque fromager en travers du fleuve nous barre la route. Nous descendons tous les quatre, Baitogogo, ses deux fils et moi, munis de nos haches et de nos machettes. Un épervier noir vole au-dessus de nos têtes. C'est celui d'Apiboréu qui nous accompagne, s'écrie l'un des garçons, sans regarder en l'air. Épervier suiveur, me dis-je. En plongée verticale, il observe et couvre le temps de ses ailes.

Nous passons la journée entière à fendre la partie la plus fine du tronc, ce qu'une tronçonneuse aurait réglé en un rien de temps. Les cals de mes mains saignent, je ne supporte pas la moitié des efforts qu'ils déploient. Je me souviens de l'époque où ces tâches inhérentes au voyage éperonnaient mes muscles et ma volonté, où l'effort fourni dans la jungle me revigorait. Je constate que le temps a passé depuis les premières fois, quand ces épopées en amont du fleuve me fascinaient et me transformaient. Maintenant, à quoi bon tant d'efforts ? Ça n'a plus vraiment de sens et je n'ai plus l'âge de mettre à l'épreuve mes capacités à me dépasser. Mes limites ont déjà été franchies, elles sont devenues bien trop familières et se sont émoussées. Et dire qu'il nous reste encore au moins cinq jours, sans compter les retards habituels.

Pour la première fois depuis notre passage par le poste du gouvernement, nous campons sur un début de plage. Sur le sable doux, les enfants jouent avec des troncs d'arbres, tandis que les femmes boucanent les derniers morceaux de pécari. C'est l'un des moments les plus proches de la quiétude absolue, que l'on trouve difficilement en dehors de ce monde clos par les méandres du fleuve. Ina revient chargée de plusieurs œufs de tortue *tracaja* qu'elle a dénichés dans le sable mou. Des mets de choix qu'ils savent utiliser avec prudence et qui adouciront considérablement notre dîner, saturé de porc. Je prends un sac de sucre, nous ajoutons de la farine et nous mélangeons le tout avec des jaunes d'œufs crus pour obtenir un épais gruau jaune qui apaisera notre faim jusqu'au lendemain. À la tombée du soir, le calme se trouve peu à peu assiégé par la voracité de l'obscurité et les sons polyphoniques de la forêt. Nous installons nos hamacs tout près les uns des autres, afin qu'aucun de nous ne se fasse surprendre par un jaguar pendant la nuit. Je me souviens à nouveau du risque qu'encourt celui qui commet la sottise d'aller chier ou dormir seul dans les sous-bois : un jaguar attaque l'imprudent par-derrière, lui enfonce ses crocs dans le crâne et lui tire la peau vers le bas, scalpant efficacement la proie ennemie.

Je dors d'un sommeil si profond que je manque de pisser dans mon hamac – impossible de dormir comme ça en ville. Mais la nuit opaque, muette, me retient prisonnier, sans la kyrielle de rêves oraculaires qui surgit après plusieurs nuits passées dans la forêt. Pour le moment, je suis encore une personne incomplète. Avant le lever du jour, ils sont déjà tous debout, leurs hamacs repliés. Ils me demandent si je suis mort, si mon hamac m'a avalé, ils se moquent de moi, qui suis, évidemment, le dernier à me lever.

Nous poursuivons la remontée du fleuve – un voyage pénible et éreintant. Bien que la pirogue soit plus légère du fait de l'essence déjà consommée, les troncs et la ramure des arbres du fleuve sont de plus en plus gros, de plus en plus dangereux au cours de ces journées où le niveau de l'eau est bas. Nous perdons une hélice sur l'un de ces troncs ; par chance j'en avais acheté deux autres, en réserve.

À midi, nous faisons une halte chez Enviro, un homme âgé et le seul Indien métis demeuré là après la délimitation de cet immense continent vierge. Il élève des cochons dans un petit enclos et il est marié à une femme muette. Les autorités gouvernementales l'ont autorisé à rester une fois démontrés ses liens forts avec les riverains de la région et sa maîtrise de la langue locale. Ancien mercenaire engagé par les patrons pour « faire courir les sales Indiens », comme on disait et faisait à l'époque, afin de leur extorquer leurs terres et d'y exploiter le bois, Enviro s'est pris d'affection pour les Indiens du fin fond de la selve. Il s'est construit un petit carbet non loin d'ici. On racontait qu'il s'était caché des patrons pendant plusieurs jours dans la jungle, qu'il avait été porté disparu, dévoré par un jaguar ou par la Bête. En réalité, comme il me l'a expliqué une fois, il ne voulait plus vivre comme un animal de trait, comme un sbire de la cruauté des autres. Si je ne me trompe pas, c'est de là que vient sa jambe gauche boiteuse, résultat des violences qu'il a subies à l'époque où il travaillait pour les patrons. Enviro nous sert des patates douces et de la pastèque. Comme à chaque fois, il me demande des cartouches de fusil, que je lui fournis sans hésiter.

En fin d'après-midi, nous arrivons au village de la Porte de l'Espoir. Le nom vient bel et bien d'une émission télévisée que le fils du cacique aime regarder lorsqu'il se rend en ville. Baitogogo veut y passer la nuit. Le fils du cacique m'a raconté que quand il participera à l'émission, il demandera à Sílvio, l'animateur, un élevage de tapirs. Il n'aura ainsi plus besoin de chasser. Je dois faire quoi pour y participer ? me demande-t-il. Aucune idée, je réponds. Mais tu peux te renseigner pour moi quand tu rentreras ? Je ne sais pas comment on fait, lui dis-je. Mais c'est pas ton père ? insiste-t-il. Non, ce n'est pas mon père.

Igor Oboro, un homme mesurant un mètre cinquante et doté d'une voix aiguë, va chanter ce soir. C'est le *pajé*-opossum, spécialisé dans la recherche des choses perdues. C'est l'une des séances auxquelles j'aime le plus assister. Les personnes-opossum, quand elles arrivent, dansent de manière tout à fait insolite et entonnent des chants amusants. Comme Sebastião Baitogogo, nous prisons du *rapé* toute la nuit, en attendant les chants. Accompagné de sa femme, Oboro se déplace à quatre pattes et enfonce son visage dans la terre. Uhununununuhhn. Uhnhnununuh. Hammhammhamm. L'opossum trouve l'âme du petit-fils de Baitogogo, parti vivre dans un endroit éloigné, sans doute auprès des loutres géantes. Puis les chants s'apaisent et nous nous retirons pour aller nous coucher. Le *pajé*-opossum dort aussi dans son hamac, après avoir fait de son mieux pour retrouver les choses perdues.

Nous continuons notre route le lendemain, tout ensommeillés, après notre longue veillée en compagnie d'Oboro et de sa famille. Peu de temps après, nous perdons la deuxième hélice contre un putain de tronc embouti au fond du fleuve. Notre attention est désormais à son comble pour parvenir à bon port avec la dernière intacte. La fin du voyage est toujours la partie la plus périlleuse, du fait de la fatigue et de la déconcentration générale.

Nous en profitons pour cueillir une grappe d'*açaï* qui poussait hors saison sur un ravin. L'un des garçons tue deux gros hoccos et nous poursuivons notre route. J'ai mal au genou. Quand je me retourne brusquement pour regarder quelque chose, un frisson me parcourt l'échine – signe que la fièvre est imminente, elle arrivera bien plus tôt que prévu, au tout début de mon long séjour. Je m'endurcis de l'intérieur et fais face à la situation. En fin de compte, c'est le sort que je me suis choisi.

Un orage interminable s'abat le dernier jour du voyage et finit par détremper tous les sacs, papiers et vivres.

J'essaie de m'abriter sous mon imperméable, dans la position classique, tête entre les genoux. Du riz, des pâtes et du manioc froid. Des heures et des heures, blotti entre mes genoux. Trois jours entiers sans chier. Du silence et encore plus de silence. Je fais glisser mon esprit dans mon esprit, je dors hypnotisé par le bruit incessant du moteur, je deviens presque rien, assis dans la pirogue, transformé en banc de pirogue, en caisse, en matériel à charger.

En fin d'après-midi, nous nous approchons enfin de la maison, du village du Grand Tournant qui m'a tant manqué et qui va bientôt apparaître au détour d'un virage. Le village et sa haute falaise jonchée de vieux palmiers feuillus, falaise rouge qui scintille contre le bleu profond du ciel. Encore quelques méandres et le voici. La pirogue ralentit progressivement et vient s'amarrer sur la plage de sable blanc, où j'ai l'habitude de me baigner. À l'exception d'Antonio Apiboréu et des enfants de Baitogogo, personne ne nous attend. Je ressens une certaine déception, mais je sais que je ne suis plus une nouveauté par ici, ce qui n'est pas sans avantage.

Très vite cependant, un essaim d'enfants descend sur la plage, probablement plus intéressés par les sacs de bonbons et de biscuits que par ma personne. Telles des fourmis, ils montent toutes les affaires, tandis que nous essayons de reprendre des forces sur la plage. Mon esprit est encore plus dérouté que jamais, ma fatigue frôle l'hallucination. Je vois tous mes paquets de pâtes, de biscuits et de haricots éparpillés le long du chemin, tombés des caisses détériorées par la pluie. C'est sans importance. Je sais qu'à la fin tout sera intact dans mon carbet et qu'ici personne ne vole ce qui m'appartient.

Antonio Apiboréu m'accueille en me donnant un baiser, ce qui se fait uniquement à l'arrivée et au départ, puis il entonne un chant triste de bienvenue.

Tu es de retour, petit frère
Stèle sans maison du ciel
Stèle qui s'abat sur la terre
Tu es de retour, petit frère
Araçari planant sur la clairière
Araçari solitaire en été

Je serre très fort le vieil homme dans mes bras et nous montons lentement. Antonio Apiboréu n'est pas comme Baitogogo, qui s'enferme parfois dans un silence circonspect et impénétrable. Sa présence suscite l'émotion. Son âme est douce. On ne rencontre pas partout des personnes de son acabit.

Le centre du monde

Sur les anciennes cartes, l'extrémité de la Terre était entourée par le fleuve Oceanus. On ignorait ce qu'il y avait au-delà. On racontait que certains craignaient de sombrer dans un abîme béant au bout de la mer. D'après d'autres récits, Alexandre le Grand combattait des armées d'hommes-arbres dont les têtes sortaient du torse. Ces armées se trouvaient sur la dernière terre, sans doute avant l'île des Bienheureux.

Ici aussi ces figures des bords du monde existent, mais la perception de l'espace est tout autre. Cet océan se terminant sur un abîme de rien ne fait guère sens, encore que la Terre soit également considérée comme une assiette ou un disque plat flottant sur l'eau et présent depuis la nuit des temps. Tout au bout, le fleuve horizontal tourne autour de cette voûte bleue et rejoint à la racine du ciel deux autres fleuves venant d'en haut et d'en bas. Celui d'en haut est le fleuve blanc des oiseaux, le fleuve du jour ; celui d'en bas est le fleuve des morts, le fleuve sombre de la nuit. Tous deux se rejoignent à la racine du ciel, qui est le chemin du chaman. Un nombre infini d'esprits et de morts y transitent. Et nous, imagine-t-on, nous qui vivons au Grand

Tournant, ainsi que dans les autres villages non loin de là, nous sommes au milieu.

À notre arrivée dans le village, nous remarquons qu'Antonio Apiboréu ne cache pas sa déception en constatant que nous n'apportons pas de gros gibier, abondant sur le fleuve en aval et, par conséquent, très convoité par les gens d'ici. À cause de la pluie qui tombe depuis des jours dans la région des sources, les animaux se cachent dans la forêt et les chasseurs ont honte de revenir bredouilles. Au menu de notre premier repas : du caïman, du manioc, ainsi que du riz et des haricots, que je rapporte tout prêts de mon carbet. Carbet qui du reste est en parfait état de conservation, tout est exactement tel que je l'avais laissé il y a plusieurs mois, le fourbi y est rangé et dûment couvert par la poussière fine qui se détache de la chaume de la toiture. Tandis qu'il dévore les haricots, Antonio Apiboréu se plaint que le caïman provoque des démangeaisons, que ce n'est pas une nourriture pour les humains. Il est un peu remonté contre ses parents, qui n'ont rien trouvé de mieux à m'offrir à manger.

L'après-midi, je ne me sens pas très bien et m'allonge dans mon hamac, tout en commençant à distribuer les paquets de perles de verre aux femmes qui viennent les chercher. De l'intérieur de mon carbet, j'entends le miaulement mélancolique de la radio qui se trouve à la pharmacie, entrecoupé par le tohu-bohu des caciques cul-jaune ; ces oiseaux ont construit une véritable cité sur la cime des immenses *embaúbas*. Je suis resté un long moment dans cette position à écouter ces bruits, à lire et à écrire, tandis que j'étais en train de tomber malade ou qu'il n'y avait rien de mieux à faire. Peu à peu, le charivari des caciques cul-jaune en journée, puis la myriade d'autres sons émis par les grillons, les grenouilles et les oiseaux nocturnes altèrent mon esprit, jusqu'à ce que plus rien, ou pratiquement plus rien, ne reste du lest qui me liait à mon ancienne réalité urbaine de rues et de voitures. C'est seulement à ce moment-là que, la nuit, pourtant plongé dans un profond sommeil, je commence à m'éveiller.

Benedito Geriguiguiatugo, un de mes amis et aide-soignant, vient prendre le café avec sa famille. Comme d'habitude, ils dévorent une bonne partie de mes réserves de biscuits censée durer plusieurs mois.

– Les gars de là-haut ils t'appellent pour parler. Tu y vas ? me dit Geriguiguiatugo.

– Tu viens avec moi ? Qu'est-ce qu'ils veulent ? je demande.

– Je sais pas, j'ai entendu parler d'un truc de président, de jusée.

– De quoi ? De fusée ?

– Oui, jusée.

– Fusée.

– C'est de ça qu'ils parlent. Et de président, de gouvernement.

– On va voir ce qu'ils veulent. Mais j'irai après-demain, je ne suis pas encore en forme, j'avoue.

– Les gens de là-haut disent des bêtises. Ils ont raconté que c'est toi qui as fait le petit à Ina, que c'est toi qui lui plais. Après ils ont vu que le gosse avait pas une tête de Blanc et ils ont arrêté de parler de ça.

– C'est vraiment n'importe quoi. Ces gens-là adorent inventer.

– C'est vrai. Mais les choses se sont calmées maintenant, y a plus de problèmes. T'as une femme ?
– Non, je n'en ai pas.
– T'en as pas ?
– Non, j'ai quitté l'autre.
– Ah bon ?
– Oui.

J'ai remis les médicaments à Geriguiguiatugo, ainsi que le couteau qu'il m'avait commandé la dernière fois. J'ai essayé de me soulager de la chaleur, qui engourdit toute chose. Aucun endroit n'est supportable sous un tel soleil ; il n'y a qu'en se balançant dans son hamac qu'on peut obtenir un semblant de fraîcheur, le corps allant et venant dans la touffeur. Sa femme fait allusion à la maladie des animaux, elle parle d'une sorte de dessin qu'elle utilise pour la soigner. À un autre moment, j'aurais tout noté, mais à présent la fournaise a raison de moi. Et puis mon objectif reste l'attrapeur d'oiseaux. Un objectif unique et précis. Après tout, en quoi ces détails susciteraient-ils maintenant mon intérêt si l'inquiétude de fond n'est liée qu'au besoin impérieux de consigner la fameuse histoire ?

La petite fille de Geriguiguiatugo vient me percer les points noirs du front – une distraction pour les enfants d'ici, allez savoir ce qu'ils y trouvent d'intéressant. Sa femme complimente les perles de verre, elle dit qu'elles sont bien grosses et parfaites pour confectionner des ceintures. Des perles de verre tchèques hors de prix, elles ne veulent que celles-là. J'ai dû les payer avec mon propre argent, car le labo a décidé de faire une croix sur les extras pour ces babioles que des fonds plus généreux permettent d'acheter. Elle engage la conversation et me demande de lui décrire ma région. Elle me pose toujours cette question lorsque j'arrive ici. Je lui dis que là-bas il y a de hautes montagnes en pierre. Elle est surprise et veut savoir si nous ne nous envolons pas, emportés par le vent, lorsque nous sommes au sommet. Eh bien, je lui réponds, pas forcément, les montagnes sont très hautes et en bas il y a la ville. Elle me trouve triste et me demande pourquoi je ne me suis toujours pas installé ici, pourquoi je n'ai pas ouvert d'abattis pour rester pour de bon. Je lui dis que je ne suis pas triste, que c'est ma nature, un peu bizarre, je crois. Plus bizarre qu'avant, car l'obsession a tout perdu de la détermination ingénue des premiers temps, de la sotte énergie de la jeunesse.

La famille repart et déjà la nuit tombe. Aujourd'hui je me couche plus tôt pour me reposer ; je ne vais pas dans la *maloca* discuter avec Antonio. J'ai besoin de me remettre au plus vite du voyage afin de tenir bon quand la situation va se compliquer. Or les choses ne vont pas tarder à devenir chaotiques, montrant ainsi que ce quotidien paisible n'est que pure illusion.

Nuit de forte fièvre, à tous les coups une crise de paludisme. Recroquevillé dans le hamac, mon corps tremble sans cesse, j'ai la mâchoire contractée. Le plafond du carbet s'élève jusqu'au ciel avant de s'abaisser sur mon nez. J'entends des gens marcher dehors, comme si leurs pieds étaient en fer, tout a un son métallique. Puis je n'entends plus rien. Quarante degrés ou plus, je dois être à la limite des convulsions. La tête enflée, châtiée, comme si on m'enfonçait un clou dans les tempes. Cette fièvre est une enfance revécue, un abandon du corps sans limites.

Sans cette douleur, ce mal-être, l'altération des lumières et de l'espace serait une belle expérience.

Dans la nuit, Baitogogo vient avec son épouse m'apporter de la bouillie de manioc, chose commune en cette saison. L'habitude qu'ils ont de réveiller les autres pour manger de la bouillie de manioc est plutôt bienvenue cette fois, à cause de la fièvre. J'allume la petite lampe, dont le faisceau souligne la magnifique poitrine de la femme de mon frère, bien plus exquise que toute autre nourriture. Après ça, j'arrive à dormir quelques heures de plus. Mais déjà le jour se lève et, parmi tous les endroits possibles, les poules choisissent évidemment de venir caqueter juste sous le plancher de mon carbet. Je les pique à l'aide d'une houlette prévue à cet effet. L'objet traverse les fentes du plancher ; je réussis presque à en tuer une, elles prennent toutes la fuite, hystériques, vieilles poules stupides et névrosées. Je m'assoupis un moment encore, mais je sais que la quiétude ici ne dure jamais longtemps. Comme d'habitude, au bout de quelques minutes seulement, poules et enfants viennent en bande m'appeler par-dessous le carbet. T'es mort, ou quoi ? Réveille-toi ! T'es mort ? Réveille-toi ! T'es mort ?

La tête lourde et le corps moulu, il ne me reste plus qu'à vérifier immédiatement l'intensité de la fièvre. Je me prélève du sang dans la matinée et procède moi-même à l'examen au microscope. C'est un paludisme causé par *Plasmodium vivax*, dans une version particulièrement redoutable, me laissant supposer qu'il s'agit d'une rechute. Les plasmodes ressemblent à de petites constellations infiltrées dans le sang, des parasites qui possèdent une certaine beauté dans leurs galaxies particulières. Moi qui ai étudié la formation du paludisme dans les livres du labo, serais-je en train de me convaincre que c'est une belle maladie ? Rien pourtant ne compense ses ravages. Rien, pas même ces fascinants micro-organismes qui viennent se nourrir de mes globules rouges.

Impossible de réfléchir ou de faire quoi que ce soit dans les prochains jours, le médicament est terrible et provoque des démangeaisons dans tout le corps, comme si d'innombrables petits moustiques me piquaient à chaque instant. Ma vue se trouble, mes jambes flanchent. La lumière reflétée sur la terre battue de la place donne à tout un aspect irréel, un rêve éveillé à l'intérieur du rêve, le monde derrière le verre de la bouteille. Je griffonne des balivernes dans mon carnet, histoire de ne pas perdre l'habitude ; je lis quelques pages de je ne sais quel livre, et je sens aussitôt la mélancolie me serrer la gorge.

Je décide de reporter ma visite aux gens de là-haut. Ma tête semble prête à exploser et demande du repos avant d'affronter un autre voyage et de nouveaux villages. Mais j'ai de la chance, car aujourd'hui Tarotaro, le *pajé* le plus âgé de la région des sources, est venu pour soigner un nouveau-né, le dixième enfant de Geriguiguiatugo. J'espère réussir à lui arracher l'histoire. Il faut que j'y arrive, je n'ai pas le choix. Comment pourrais-je tenir le coup, s'il ne me la raconte pas maintenant ?

En fin d'après-midi, la *maloca* est toujours un four insupportable à cause des foyers allumés pour cuisiner, mais ils sont tous là, allongés dans leurs hamacs ou faisant les cent pas. C'est le moment le plus chaotique dans le village, lorsque tout le monde rentre du bain et se prépare à dîner ; les enfants hurlent de faim et les femmes passent, des bûches sur le dos, les bras chargés de marmites et de paniers de nourriture. Il n'y a qu'une seule échappatoire : courir à la plage et plonger dans la rivière pour se soulager de la chaleur.

C'est ce que je fais aussitôt, malgré la désapprobation de la femme d'Antonio Apiboréu. Elle dit toujours que c'est en fin d'après-midi que l'Esprit Loutre traverse la rivière souterraine et qu'il est dangereux de se trouver dans les parages. Si tu te moques d'elle, Loutre peut entrer en toi par-derrière et te déchirer les poumons, sans que tu le sentes. Le lendemain matin, tu commences à tousser et à cracher du sang. Tu tombes raide mort en quelques minutes. Aucun *pajé* ni médecin blanc ne peut rien y faire. Je le sais, et je sais aussi qu'à cette heure-là, le paludisme est à l'affût, mais la chaleur est intenable, la souffrance qu'elle engendre en fin d'après-midi est plus pénible qu'à tout autre moment de la journée.

Pasho, le nain, est le seul à m'accompagner pour ces bains de fin d'après-midi. Figure aussi étrange que moi, il semble ne pas craindre Loutre et profite du calme de cette heure de la journée où il n'y a plus personne au bord de la rivière. Rien de plus étrange que de se rendre sur la plage désertée. Pourquoi s'obstiner à vouloir rester seul, qui plus est dans cet endroit ? C'est ce que les gens doivent se demander à mon sujet. Pasho a une grosse tête, résultant probablement d'une forme d'hydrocéphalie, le visage très rond et large, mais aussi un regard doux. Il a un corps d'enfant bien qu'il soit fort, des jambes arquées, un tronc court, trapu et des petits bras. Il a la vingtaine et, pourtant, il a toujours ce physique de préadolescent.

Assis sur le sable, j'aime interroger le nain sur ses rêves. Parfois il n'a rien à dire, mais aujourd'hui il marmonne, avec cette manière très singulière de s'exprimer, un récit plutôt étrange. Il a rêvé des chairs et des os de sa mère éparpillés partout dans le ciel. La voûte bleue avait été envahie des os et des chairs de sa défunte mère, qu'il n'a pourtant pas connue, comme s'il s'agissait d'une couverture en patchwork ensanglantée. L'image m'impressionne, un ciel constellé d'os et de chairs, une mère-monde à l'envers.

Pasho est l'un des enfants de la première femme de Sebastião Baitogogo. En réalité, elle est partie juste après l'avoir mis au monde. Lorsque Pasho a cessé de grandir et a présenté des problèmes d'élocution, Tarotaro, le *pajé*, a ordonné que personne ne lui fasse de mal. Un rêve lui avait révélé que, si par hasard quelqu'un le rudoyait, tous les membres de la famille de Baitogogo commenceraient à mourir les uns après les autres, puis la terre tremblerait et un grand incendie brûlerait le centre du monde. Il semble que personne n'ait osé tenter l'expérience.

Pasho est toujours bien traité dans le village. Parce qu'il est né au moment même où sa mère est morte, il est considéré comme une sorte d'esprit. Il n'est pas exactement *pajé*, mais il a parfois des visions et il fait des révélations, il rêve souvent de changements du temps et d'orages, d'incendies imminents dans un village, de choses comme ce ciel ensanglanté, le ciel-carnage maternel. Pour le reste, il passe sa journée à pêcher et à chasser des lézards avec les enfants.

Après la baignade, Pasho et moi remontons au village. Il insiste pour porter mon seau d'eau sur ses épaules. Il le pose à la porte de mon carbet et me demande un hameçon. Il s'en sert pour pêcher des petits *lambaris*, qu'il a l'habitude de ramener ensuite pour les manger frits avec moi. Entre-temps, j'aperçois Tarotaro devant mon carbet. Nous montons tous les trois et je lui remets cadeaux et colis. Sa femme arrive aussitôt après et s'assoit à côté de nous.

Elle a été enlevée quand elle était enfant par un oncle de Tarotaro, elle n'est pas de cette peuplade. Elle appartient à la tribu des singes de nuit qui vivait de l'autre côté des sources et que les parents les plus âgés des habitants de ce village ont décimée des décennies plus tôt. Lors d'une expédition de guerre, à l'époque où l'on n'utilisait encore que des sarbacanes et des lances, le vieil oncle de Tarotaro avait trouvé la fillette toute seule dans un carbet, son père et sa mère s'étaient enfuis dans la forêt et l'avaient abandonnée là, car elle avait une malformation à la jambe. Au moment précis où il mit l'enfant sur son dos, il vit un épervier noir se poser sur un tronc d'arbre du terre-plein central. C'était signe qu'il devait emporter la fillette, un signe d'Atitanga.

La petite a grandi parmi les étrangers, avant de se marier avec Tarotaro, jeune à l'époque. On a commencé à l'appeler Tarotaroati, non pas exactement parce qu'elle était l'épouse du *pajé*, mais parce qu'elle était chargée de conduire les éperviers lorsque son mari partait en déplacement dans d'autres villages. Son nom est l'un des plus prestigieux que l'on puisse porter dans la région – Conductrice d'Éperviers. Et Tarotaro donne pour un temps son corps à l'un des éperviers, ou à plusieurs.

Le vieux et sympathique *pajé* arbore maintenant une casquette de la banque Bradesco, un pantalon en coton élimé, une bandoulière de perles de verre bleu foncé, ainsi que des colliers de grosses perles enroulés plusieurs fois autour du cou. Toujours enjoué et amène, Tarotaro souffre d'une tuberculose chronique et attend impatiemment les médicaments que je lui ai ramenés de la ville. Il n'écoute pas beaucoup, ou il écoute ce qu'il veut. Par ici, on le surnomme l'Homme absent, mais pas exactement pour cette raison. Il est Atitanga, celui qui oublie, celui qui part avec la Bête, habité par les présences spirituelles au cours de ses transes. Ce que l'on voit de lui se limite à la peau et aux vêtements. À l'intérieur, Atitanga est vide comme une caisse de résonance. C'est pour cela qu'il tousse autant, m'a fait un jour remarquer Baitogogo. Les pasteurs missionnaires qui connaissent Tarotaro le craignent. Ils disent que c'est Satan. Vous avez vu qu'il a un œil de mort, un œil de poisson-chat desséché ? m'a dit le pasteur Douglas en vociférant, la fois où je me suis retrouvé chez lui sur sa terrasse. Pour moi, il n'a pas un œil de mort, on dirait plutôt une cataracte, ai-je rétorqué au pasteur Douglas, qui me soupçonne d'être moi aussi un porte-parole de Satan.

– Atitanga est comme ça, m'a expliqué Baitogogo lorsque nous sommes arrivés plus tard dans la *maloca*, une fois la chaleur retombée. Tu penses qu'il est ici, mais il est de l'autre côté.

– Et l'autre jour sur le fleuve, l'épervier qui volait au-dessus de nous, c'était Atitanga ?

– Non, celui-là, c'était un simple épervier, c'était celui d'Apiboréu, il surveillait si t'étais pas en train de fricoter avec les femmes.

– Je transpirais avec ma hache et l'épervier pensait à ça ? C'est un peu gonflé.

– Hé oui, il est comme ça, il sait comment sont les gens.

Les personnes assises sur les bancs de la *maloca* se sont moquées de moi. Et j'avoue m'être senti plutôt mal à l'aise, fâché contre moi-même. Depuis le temps, toujours la même histoire ? Les cinq cent mille branlettes et crises de paludisme n'ont donc pas suffi à clore le débat ? Je savais qu'ils me taquinaient, mais la situation me donnait envie de pleurer, de partir en courant je ne sais où. Je suis sorti respirer sous la lune jaune, pleine, presque aussi grande que le terre-plein central. C'est sûrement ça, c'est sûrement la pleine lune qui me tourmente. Tu sais parfaitement pourquoi tu es ici, alors arrête de te prendre la tête, c'était juste une plaisanterie idiote. C'est le comble, après toutes ces années, me sentir encore gêné quand ils se foutent de moi. Mais dans quel endroit pourrait-il en être autrement ? Personne n'est au centre du monde. Et peut-être que personne ne se soucie vraiment de moi ici. J'en ai pris conscience avec le temps. S'agit-il vraiment de cela, cependant ? Ou bien je me trompe ? Qu'est-ce que signifierait véritablement se soucier ? Quel genre d'amitié et d'intérêt ? Quel genre de lien possible ?

Cette fois, celle qui dit être ma mère n'est pas venue m'accueillir. Quand j'ai eu de la fièvre, elle ne m'a pas rendu visite, uniquement parce que la femme de Baitogogo avait pris les devants et m'avait apporté de la bouillie de manioc. Juste par rivalité avec l'autre. Je suis curieux de voir si elle va se montrer après avoir reçu ses perles de verre. Ah, sûr qu'elle va venir. Celle que l'on dit être ma mère serait-elle en réalité plus intéressée par les perles de verre ? Être mère, n'est-ce pas autre chose ? Je n'avais pas la force de lui amener ses cadeaux. Pourtant je l'apprécie, je voulais le faire. J'aime l'idée qu'elle soit ma mère, et que son plus jeune fils soit aussi mon plus jeune frère. Celui qui se moque de moi toutes les putains de fois où je leur rends visite. Il se moque de moi parce que je ne sais pas attraper le meilleur morceau de viande de la tête de porc. Tête de porc. Tête de porc ! dis-je en lançant un cri bref au milieu du terre-plein, puis je regarde la lune et, après avoir pris une profonde inspiration, je décide de revenir sur mes pas.

Je vois Pasho debout à côté de moi, qui m'observe, immobile, affichant un sourire sans but. Mon cri a dû lui paraître étrange. Son visage est une lune-monstre de tendresse. Je comprends mieux mon trouble en voyant le large sourire du nain. Si *lui* parvient à être un don, sans nul but, je dois m'arrêter un instant pour réfléchir. Je laisse mon trouble glisser près des détritus déposés au pied d'un arbre et j'entre de nouveau dans la *maloca*.

À l'intérieur, Tarotaro va commencer à chanter. Parmi les hommes circule une calebasse contenant de l'extrait de *wãchi*, une feuille sauvage qui donne des visions et que les gens d'ici consomment pour mieux voir les mots. J'en avale quelques lampées, je suis habitué à son goût amer qui prend à la gorge. Les effets du *wãchi* mêlé aux médicaments contre le paludisme accentuent encore davantage ma sensation de vide.

Les solives de la *maloca* recouvertes de bistre semblent vernies, brillantes. Des os d'animaux, des côtes. Me trouverais-je à l'intérieur de la Bête ? Tarotaro chante. Tout le monde se tait. Sa voix ferme et grave résonne dans les collines. Cela me rappelle le sens de ma présence ici. Silence. Puis un autre chant.

Comme des fleurs nos visages
Nos visages-fleurs glissent dans le ciel
Nous descendons par les bords
Pour ici danser

Tarotaro se contorsionne sur le sol, agité. Il est à présent Atitanga. Son épouse le prend par les épaules et se hisse sur son dos. C'est la véritable conductrice du voyage. Atitanga est un simple tracteur, un pick-up, m'explique Baitogogo. Sa femme commence à raconter ce que voient les Éperviers, avec des mots comprimés entre les lèvres, que j'essaie de traduire rapidement dans mon carnet.

Atitanga est au-dessus du ciel, les yeux rivés sur la ville.

Du haut du ciel, Atitanga, à l'aide de ses multiples Éperviers, contrôle les voitures.

Les Éperviers saupoudrent les routes de voitures, comme on saupoudre du sable sur la plage. Atitanga, Atitanga.

Atitanga va trouver l'autre coin du ciel. Manaus. Europe. Jérusalem.

Les morts plantés au sommet du ciel, les morts et leurs ananas au sommet du ciel.

Atitanga apporte l'ananas des morts. Tarotaroati souffle sur une calebasse contenant du jus de ce fruit que tient Antonio Apiboréu. Celui-ci circule alors parmi les enfants de la *maloca*. Il doit s'agir d'un remède efficace contre les vers et les fièvres qui les tourmentent sans cesse. Et je continue d'essayer de traduire ses mots.

Atitanga connaît l'origine de celui qui est là avec vous, votre demi-parent.

La fleur qui naît par la moitié voit l'autre bout du Soleil.

De la graine à deux faces a germé l'arbre du jour et de la nuit.

Aucun chemin ne traverse tout droit la forêt.

La loutre géante à deux têtes monte et descend à la fois la rivière.

Celui qui cherche va trouver.

Atitanga. Atitanga.

Humhum ahanahanahna humhum.

Antonio Apiboréu fait signe à Tarotaroati de descendre de la Bête. Peu à peu, Tarotaro redevient lui-même. À peine debout, il se moque de Baitogogo, qui somnole sur le banc. Ton truc à toi, c'est de péter, beau-frère ! dit-il en riant. Et Baitogogo se ressaisit, plutôt gêné, et avale une autre gorgée de *wãchi* pour se réveiller.

Cette histoire d'Atitanga me trouble toujours.

– Au final, qui est l'épervier, Tarotaro ou Atitanga ? je demande à Apiboréu.

– Atitanga c'est personne, répond-il, et parce qu'il est personne il permet aux autres de voir. Tarotaro, c'est celui qui regarde les éperviers que les gens voient pas.

Aucun chemin ne traverse tout droit la forêt. Ces mots résonnent étrangement en moi, comme si je les avais déjà entendus quelque part. *Aucun chemin ne traverse tout droit la forêt.* Tarotaro, redevenu normal, encore que je ne sois plus certain de ce que signifie « normal », veut voir ce que j'ai écrit. Il regarde mes pattes de mouche et me demande de lire quelques passages. Il rit et s'assoit. Il me chuchote à l'oreille : Cette histoire de papier, c'est pas bien. La prochaine fois ce serait mieux que tu ramènes un transistor un peu plus gros, et plus de piles. Tarotaro est comme ça. Il m'imite en train d'écrire et tout le monde rit. Puis il se rassoit à côté de moi. Ce doit être le bon moment. Je profite de la présence du vieux *pajé* dans le village pour l'interroger sur l'attrapeur d'oiseaux. J'aimerais entendre l'histoire de sa bouche, lui qui est le meilleur conteur du fleuve.

– Tarotaro, comment c'est, l'histoire de l'attrapeur d'oiseaux, vous pouvez me la raconter ? C'est pour le livre. Vous savez, le livre ?

– Non, je sais pas. C'est une histoire très malheureuse. C'est pas une histoire pour les humains.

– Mais tout le monde dit que c'est important et j'aimerais l'écouter en entier, je crois que c'est la seule que je n'ai pas entendue en entier.

– C'est une histoire sans fin, t'en connais pas tous les détails, t'en connais qu'une toute petite partie.

– Je sais bien, c'est pour ça que j'aimerais l'écouter.

– C'est pas une histoire pour les humains, c'est une histoire difficile, faut pas y toucher. Je te raconte l'autre ?

– Oui, aussi, mais celle de l'attrapeur d'oiseaux va tomber dans l'oubli et moi j'aimerais la mettre au plus vite par écrit avant qu'elle se perde.

– Cette histoire de papier est déjà complètement perdue, toi tu veux savoir, mais moi je veux pas raconter maintenant. Cette histoire anéantit tout, les anciens disent toujours qu'elle est vraiment dangereuse. On parlera de ça plus tard. Maintenant, écoute.

– D'accord, vous pouvez commencer.

Baitogogo, Apiboréu et Geriguiguiatugo ainsi que la femme de Tarotaro sont les seuls à veiller jusque très tard dans la nuit. Baitogogo me tend son *rapé* et nous gardons le silence pour l'écouter. Ils discutent entre eux, ils savent que je comprends ce qu'ils disent et semblent désapprouver mon insistance. Tarotaro commence à parler dans leur langue et, une fois encore, j'essaie de traduire le plus rapidement possible. Qui sait si mon dictaphone ne va pas tomber en panne et que je ne vais pas tout perdre, comme la dernière fois.

Amariatana n'est pas le premier. Avant il y avait déjà beaucoup de gens dans le premier monde.

C'étaient des gens en argile, mais ça n'allait pas parce qu'ils étaient en argile et ils ont fondu.

Ensuite, Amariatana est devenu quatre, et tous les quatre ont réfléchi.

Qu'allons-nous faire pour remplir ce monde ?

Nous allons souffler de nouveau. Nous allons souffler des êtres de chair.

Mais les êtres de chair se mangent entre eux, mordent le bras de l'un, coupent la jambe de l'autre encore vivant pour la manger, mangent la tête d'un autre encore.

Les Amariatanas n'aiment pas ça, beaucoup de sang coule et empoisse la terre.

Les Amariatanas ont un petit frère qui aime répandre le sang et empoisser la terre.

Le plus jeune frère, le répandeur de sang.

Amatseratu, le plus jeune frère.

Les quatre trompent Amatseratu à l'aide d'un lézard. Ils envoient le lézard à l'autre bout du ciel et Amatseratu le poursuit, car il aime manger des lézards.

Alors, d'une seule pensée, les quatre tuent tous les êtres de chair.

Amatseratu est de l'autre côté, il mâche le lézard, sans rien remarquer.

Les Amariatanas ramassent les morceaux des êtres du deuxième monde, qu'ils placent sur un tissu blanc.

Ils séparent les parties. Ici les cuisses, là les pieds, ici les fesses, là les cous.

Ici les têtes, là les bras, là les mains, ici les troncs et les génitoires.

Ils réfléchissent. Qu'allons-nous faire à présent ?

Les autres Amariatanas se rendent aux quatre coins du monde et dispersent les morceaux.

– Attendez un peu, Tarotaro, je l'interromps, m'emmêlant les pinceaux dans mes notes. Ça signifie qu'ils ont fait des êtres de chair et qu'ils ont ensuite voulu s'en débarrasser parce qu'ils étaient mauvais ?

– Exactement, c'est ce qu'a raconté l'ancien en ce temps-là, confirme Tarotaro.

– Ce qu'ils voulaient, c'était piéger l'autre, le plus jeune frère qui aimait le sang. C'est seulement après qu'ils ont commencé à faire les choses, qu'ils ont ramassé les morceaux pour tout faire, des morceaux qui servaient à tout faire, pareil que vos briques, explique Antonio Apiboréu.

– Ah d'accord, je vois.

Je me rappelle avoir déjà entendu une histoire semblable dans les séminaires du labo. Pourtant, dans ce que racontait Tarotaro, je percevais un bruit, comme une vision déformée au coin de l'œil, l'extrémité d'une branche qui ne finirait pas droit, qui laisserait entrevoir une arête inattendue pour d'autres dédoublements de l'histoire que je ne parvenais pas encore à comprendre. Tarotaro reprend une gorgée de *wãchi* et poursuit son récit.

Ils cousent les estomacs et les tendent bien fort pour créer le ciel.

Ils attachent et étirent les boyaux pour faire le tour du ciel et ils serrent bien fort.

Ils cousent et attachent toutes les peaux pour créer la partie supérieure du ciel.

Ils plantent les os dans la terre pour créer les arbres.

Ils déroulent tous les lambeaux des cervelles et les accrochent aux arbres pour créer des lianes.

Ils plantent les orteils et les ongles des pieds pour les fourmis, les scarabées.

Avec leurs cheveux, ils attachent le bord de la terre au bord du ciel.

– C'est donc comme ça qu'ils ont créé le ciel, je comprends mieux maintenant, fait remarquer Baitogogo avec enthousiasme.

– Hé, hé, mais c'est qu'il est malin, l'animal, réplique Apiboréu, tandis que Tarotaro reprend la parole.

C'est pour ça qu'il n'est pas très stable, c'est pour ça qu'il lui arrive de trembler un peu.

Et ils procèdent de la sorte pour tout le reste.

Et ils créent le troisième monde entier, vide, silencieux.

Pendant ce temps, Amatseratu a déjà quintuplé de taille et est adossé à la cime du ciel.

Amatseratu est un gamin, il ne sait rien faire, mais il suit les Amariatanas pour tout gâcher.

Il voit que la terre est vide. Il voit qu'il n'y a plus personne et que le ciel a la couleur de la chair fraîche.

Amatseratu prend sa calebasse de sang, le sang qu'il a recueilli auprès des anciens êtres de chair.

Il souffle sur le sang et recrée les êtres de chair, qui sont ceux d'aujourd'hui.

Lorsque les Amariatanas reviennent, ils constatent qu'Amatseratu a tout refait.

Qu'il a ressuscité ces mauvaises personnes, les êtres de chair.

Qu'il a tout gâché, lui, le gâcheur.

Ils se mettent en colère et expulsent Amatseratu.

Il part au Japon, en Europe, aux États-Unis.

Amatseratu est le plus jeune frère.

– T'as compris ? C'est fini pour aujourd'hui. C'est tout.

– Même toi serais pas capable de faire un truc pareil, pas vrai, mon frère ? dit Baitogogo en me regardant.

– Ses gens à lui, ils savent y faire, détruire, gâcher la vie des autres, précise Apiboréu, renchérissant sur la remarque de Baitogogo.

– C'est exactement ce que je dis et qu'a redit Tarotaro à l'instant : c'était déjà comme ça avant le ciel et la terre, il y avait déjà celui qui créait et détruisait tout, explique Baitogogo.

Ces commentaires semblent laisser Tarotaro indifférent. Il profite de la pause pour confier ses cheveux à sa femme, qui en chasse les poux avec adresse. J'essaie de prendre note de la conversation parallèle dans mon carnet, trouvant la référence à « mes gens » étrange, voire un peu agressive, comme si ma canopée avait quelque chose à voir avec celle des Blancs en général. Mais je me dis qu'il vaut mieux ne pas prendre les choses personnellement. Cette remarque un rien inopportune, qui embrouille Tarotaro et mes notes, doit être une façon, du reste plutôt juste, d'exprimer leur mécontentement envers le monde des villes.

Je suis intrigué par ce récit, par cette mention inhabituelle des lieux où Amatseratu se serait rendu. Pourquoi le Japon, l'Europe, les États-Unis ? Tarotaro se redresse et reprend l'histoire au moment où Amatseratu a été chassé par les quatre Amariatanas et qu'il est parti vivre dans des contrées éloignées.

Puis, après avoir fini son récit, il se lève et s'apprête à quitter la *maloca* pour aller se reposer. Tous les autres se lèvent à leur tour et partent à la recherche d'un endroit où dormir. Comme d'habitude, Tarotaro préfère mon carbet, qui est plus silencieux et où il y a du café et du lait en poudre le matin. La femme de Baitogogo s'approche des bancs et apporte à boire à son mari. J'en profite pour regarder discrètement sa poitrine. Baitogogo semble le remarquer, son œil tremble, sa cicatrice s'étire ; je détourne prestement le regard de l'autre côté. Aussitôt après, nous nous souhaitons bonne nuit et allons nous coucher.

Telle est donc l'histoire du surgissement du monde et des êtres de chair, me dis-je, heureux d'avoir découvert que la relation entre les frères aînés et ce fripon d'Amatseratu, le plus jeune frère, commence là, et non pas dans un autre épisode, comme je l'avais imaginé. Tandis que nous traversons le terre-plein en direction de mon carbet, je repense au rôle d'Amatseratu, celui qui gâche tout. C'est donc lui, le fameux « décepteur ».

– Tu connaissais pas cette histoire ? me demande Tarotaro.

– Je la connaissais, mais il m'en manquait des bouts, je ne l'avais pas entendue tout entière.

– Les gens d'ici la connaissent pas bien non plus. Ils la connaissent, mais pas en entier. Vaut mieux que tu écoutes uniquement ce que je raconte, moi.

– Vous allez rester quelques jours par ici ou vous rentrez directement chez vous ?

– Demain, j'ai des malades à soigner. Je rentre après, mais j'ai pas d'essence. Tu peux me dépanner un peu ?

– Oui bien sûr, on en reparle après, ne vous inquiétez pas, je réponds en pensant au peu d'essence qu'il me reste.

Mais on ne refuse pas les requêtes de Tarotaro.

Nous entrons dans mon carbet, Tarotaro, sa femme et moi. Il y a tout juste la place pour installer les trois hamacs dans l'espace libre à côté du réchaud et des jerricans d'essence. Les sacs et les provisions alimentaires, j'ai l'habitude de les suspendre. Le carbet est une vraie bombe, mais il n'y a pas d'autre façon de ranger les choses ici. Et si par accident tout explosait, ce serait sans doute mieux. Au moins je me débarrasserais de cette angoisse de ne pas parvenir à écouter la fameuse histoire. Aujourd'hui il s'en est fallu de peu et j'ai la sensation que Tarotaro me cache quelque chose. Est-ce lié aux frères, aux aînés et au plus jeune, Amatseratu ?

Je raconte à Tarotaro un rêve que j'ai fait lorsque j'étais sur la plage, loin d'ici. Tarotaro connaît tout, il devrait comprendre de quoi il retourne. J'ai rêvé que je rencontrais une famille au bord de la terrasse de la maison où je me trouvais. Ils étaient descendus de la montagne boisée située de l'autre côté de la parcelle et ils se tenaient là, debout, un pied sur les briques, un autre sur la terre. Ils avaient les cheveux longs et ils souriaient. Un couple et quatre enfants. Leurs corps étaient peints, ils portaient des brassards et des chevillières de plumes, de longs colliers enroulés plusieurs fois autour du cou, leurs corps étaient à moitié translucides, on pouvait presque voir leurs viscères sous leur peau dessinée. Ils me souriaient et je les voyais, sans toutefois interagir avec eux. Nous ne nous sommes pas rapprochés ni adressé la parole. Ce n'était pas nécessaire.

– C'est lié aux oisillons. Tu es maintenant capable de comprendre leurs conversations. Peu de personnes savent parler la langue des oisillons, explique Tarotaro.

– C'est un vrai rêve ?

– Oui ! Tu as fait la connaissance d'une grive. Tu vas rêver encore plus tard.

Nous nous retournons dans nos hamacs pour dormir. Tarotaro a un petit air japonais, il me fait parfois penser à l'oncle de mon ami Marco Akedo, le vendeur de grillades tout maigre qui buvait du *saké* jusqu'à une heure avancée de la nuit, là-bas, à São Paulo, dans le jardin de cette vieille maison du quartier Butantã. Ils ont tous les deux cette façon de cesser soudain de parler et de laisser éclater un rire sonore. Tarotaro. Mieux vaut ne pas songer maintenant aux grillades, au *saké*, à ce genre de choses.

J'ai rêvé de Tarotaro qui marchait nu sur la plage d'Ipanema. Sa femme était dentiste, elle voulait m'examiner, elle disait qu'il fallait m'enlever le foie pour m'aider à mieux réfléchir. « C'est le foie qui te laisse pas revenir. Le chemin te connaît, ce que tu cherches va te trouver », me disait-elle, un bistouri à la main. Tarotaro se métamorphosait en épervier et s'envolait en direction de la montagne de Pedra da Gávea, tandis que j'essayais d'arguer auprès de Tarotaroati que j'aimais mon foie, que je ne voulais pas y toucher. La Pedra da Gávea elle-même s'ouvrait et une musique insolite s'élevait de l'intérieur, une variation diabolique de *bossa nova* que je n'avais jamais entendue auparavant, tandis qu'une étrange brume violette glissait le long de la pente.

L'aube commence à peine à vouloir percer que Tarotaro et sa femme sont déjà debout et me réclament du café. Nous avons dormi moins de deux heures, et encore. C'est comme ça ici. Ils ont un autre corps, et dormir fait vieillir, disent-ils. Mais pas moi, et je me réveille passablement effrayé et de mauvaise humeur, tout endolori.

Tandis que je prépare le café, Tarotaroati me regarde fixement sans rien dire. C'est étrange, elle ne m'a jamais regardé de cette façon, je ne lui avais jamais vu cette expression auparavant. Tarotaro me demande où se trouve la grande pierre plate, en forme de table, devant le lac de sel. Un frisson me traverse. Je lui réponds qu'elle se trouve à Rio de Janeiro, une ville au bord de la mer. C'est là que t'étais, c'était là-bas, au bord du lac de sel dit-il en partant d'un éclat de rire canaille.

Sa femme continue de me fixer en silence. Pourquoi m'observe-t-elle comme ça ? Cela me perturbe et j'en renverse le café par terre. Alors que j'en prépare un autre, je l'entends fredonner derrière moi.

Pierre de sel
Souche de charbon
Miroir du ciel
Miroir de la terre
Œil fuyant
Sur le chemin de la forêt
Chemin fuyant
De l'œil du ciel

La mélodie ne m'est pas familière, elle est différente de tout ce que j'ai pu entendre par ici, mais elle me rappelle la musique de mon rêve, une étrange mélodie-brume qui s'échappait de la pierre ouverte. Lorsque je me retourne pour demander ce qu'elle chante, la femme de Tarotaro n'est plus là. Elle s'est volatilisée.

Président

Plus d'un mois s'est écoulé depuis la visite de Tarotaro. Je ne me suis toujours pas rendu dans les villages en amont pour écouter ce que les gens de là-bas ont à me dire. J'ai mal au genou. Pasho, le nain, est assis près de moi au bord de la falaise. De là où nous sommes, nous apercevons cinq loutres géantes se bagarrer sur un rondin, non loin de la plage où nous nous baignons presque tous les jours. Pasho les pointe du doigt, inquiet. Mourir attaqué par une loutre géante : un cauchemar peut-être pas si improbable. Elles sentent notre présence et pourraient nous mordre les pieds à tout moment. Il nous a donc semblé préférable de quitter le rivage et de monter sur la falaise. Les voilà qui traversent la rivière en nageant à toute allure et peu s'en faut pour qu'elles nous rattrapent.

Depuis le départ de Tarotaro, je suis perturbé par ce rêve et par le regard impassible de sa femme. Dois-je y déchiffrer un message ? Serait-ce une sorte d'avertissement, comme les loutres qui menacent un observateur malavisé ? Un crépuscule dense s'installe, intense ciel rouge au-dessus des arbres, des milliers de nuages disséminés dans leurs mondes d'en haut. J'ai la sensation qu'un chien est accroché sur mon dos, que ma poitrine suffoque, qu'une main grisâtre passe sur ma tête. À l'exception de Pasho, peut-être de Tarotaro et certainement du vieil Antonio Apiboréu, je n'arrive plus à identifier l'humeur des uns et des autres. Je n'ai aucune certitude, mais je suis traversé par une intuition désagréable. Je ne pense pas me tromper. Ils murmurent quand j'arrive puis se taisent ! Ils me regardent du coin de l'œil, ils me scrutent sournoisement, je ne pense pas me faire des idées. Oui, c'est sûr, ces regards fuyants me sont adressés. Après tout, ne suis-je pas l'étranger ici ? Je suis certes un de leurs parents, mais jusqu'à quel point ? Personne ne pourra jamais nier la force discrète de ces regards. Personne. Ou bien si ? Peut-être est-ce simplement le lot de celui qui reste trop longtemps seul à l'intérieur de lui-même, de celui qui parle à son bonnet.

Je vais rendre visite à ma mère, qui avait l'habitude de m'accueillir en m'offrant du maïs grillé. Elle s'assoit pour discuter avec moi, mais cette fois il n'y a rien à manger, pas même un vieil épi froid, rien de rien. Celui que l'on dit être mon plus jeune frère se joint à nous, un sourire sarcastique aux lèvres, exhibant ses dents qu'il vient de limer, et prend place à côté de moi.

– Ouah, tu viens de te faire ça ? Laisse-moi voir ! dis-je.

Il ouvre la bouche et me montre sa denture pointue, qu'il a affilée à l'aide d'une lime en fer, sans oublier ses fausses dents en or.

– Pourquoi tu t'es limé les dents ?

– Parce que c'est joli. Tu veux faire pareil ?

– Non, ça doit être douloureux…

– Juste un peu, mais c'est supportable. Après ça tu ressembleras à un jaguar, à une loutre ! Ah ah ! Tu vas en choper des femmes en ville avec des dents de loutre !

– C'est pour avoir les mêmes dents que les morts, pour être plus beau ! ajoute quelqu'un qui se trouve là.

Allongées dans leurs hamacs au fond de la *maloca*, ma mère et mes sœurs se mettent à rire. D'abord des ricanements discrets, qui augmentent graduellement de volume, comme si elles formaient un chœur. Étrange au vu des règles de bienséance que je connais : on ne rit jamais de ses hôtes. Mais suis-je encore un hôte ? Ou ai-je un autre statut ? Celui que l'on appelle mon frère commence à rire à son tour. Ils rient tous plus fort. Je ne comprends pas, je ne vois pas ce qui est drôle, je suis perplexe au milieu de ce chœur qui semble s'adresser à moi, mais pourquoi précisément à moi ? Soudain ils s'arrêtent tous et s'enferment dans le silence. Les femmes baissent les yeux et se remettent à râper du manioc, à vaquer à leurs occupations, comme si de rien n'était. Ma mère fuit mon regard. Elles font comme si je n'étais pas là. Celui qui dit être mon frère baisse également les yeux et se tait. Mal à l'aise, je quitte en hâte la *maloca*. Je sais qu'il ne s'est rien passé, je sais qu'il s'agissait d'une simple plaisanterie, de leur humour insolite. Des balivernes, pas plus. Mais pourquoi, et pourquoi maintenant ? Le soleil enfonce ses griffes dans mon dos. Un soleil aux dents limées qui me surveille.

Je m'assois sur le bord de la falaise et Jano, un des jeunes du village dont je suis le plus proche, me dit que c'est triste de regarder couler la rivière. Triste car cela montre à quel point nous sommes coincés dans un seul endroit, dans ce corps de pierre. Tarotaro envisagerait certainement les choses autrement. Apiboréu aussi, car il n'appartient plus uniquement à ce lieu. Mais moi j'ai les jambes lourdes, une sensation que j'éprouve depuis mon arrivée à la frontière, et chaque mouvement me coûte, pas exactement à cause de l'effort physique mais de tous les préjudices de mon existence, et de la vie implacable endurée pendant ces séjours en amont du fleuve. L'idée d'appeler le chef du poste de contrôle par radio me traverse l'esprit, mais à quoi bon ? Je me dis que la semaine prochaine quelqu'un viendra peut-être en mission pour une inspection quelconque, et qu'une belle infirmière ou une jeune fille fera partie de l'équipe. Pur délire. Possibilité très lointaine. Je regagne mon carbet et passe la journée dans mon hamac avec une sensation de temps perdu, de temps s'écoulant entre mes chevilles, temps d'une autre vie non vécue.

Je me rends à la pharmacie, et rien. Comme à l'accoutumée, Geriguiguiatugo parle à la radio, qui couine dans sa langue d'extraterrestre et ne dit rien. Les antibiotiques en poudre moisissent sur les étagères. Des chiures de rat partout. Des emballages de seringues à moitié ouverts et recouverts de poussière. De l'iode périmé. Et tout à l'avenant. Un nouveau coucher de soleil splendide qui m'étouffe surgit de derrière les arbres. Peut-être s'agit-il d'une trêve onirique ? Les innombrables nuits arrosées de *wăchi* et de *rapé*, ainsi que les crises de paludisme à répétition et leurs maudits traitements me donnent la sensation d'être un fantôme, comme si mon corps flottait sur sa structure osseuse, comme si mon âme n'avait pas vraiment d'endroit où se poser.

Si au moins j'écrivais un livre, j'aurais une tâche à laquelle me rattacher, mais ces maudits carnets sont purement virtuels, des gribouillis de mots décousus, les rêves des autres consignés sur du papier, que personne ne lira sans doute jamais, si ce n'est un névrosé quelconque. Le livre qui m'accompagne raconte qu'une des techniques de momification de l'Égypte antique consistait à extraire le cerveau par les narines à l'aide d'un instrument, une sorte de crochet, afin que la cavité crânienne ne subisse pas la putréfaction des viscères. Ce serait bien si on pouvait faire la même chose encore en vie. La mélancolie, un ange sombre, vient me rendre visite la nuit. Je me demande si je vais bien.

À peine revenu dans mon carbet, le corps fourbu, que les enfants accourent pour me réclamer des biscuits. Ils doivent être une quinzaine à se rouler par terre et à s'ébouriffer. Cinq d'entre eux sautent dans mon hamac, et Pasho, le nain, plonge dans une extase enfantine. J'aperçois dans ses yeux la lueur d'un bien-être possible, et cela m'apaise – enfin une source d'apaisement au cours de ces journées difficiles. Mais je sais qu'au-dehors la situation est tout autre, et que partout, la bestiole humaine adulte est une lagune de sel. C'est du moins ce que je suis, un mouvement aléatoire et inutile dans un coin de lagune de sel.

Le lendemain, Sebastião Baitogogo et Benedito Gerigui-guiatugo viennent de bonne heure chez moi prendre le café. Ils veulent savoir quand nous monterons parler aux gens de là-haut, je leur dis aujourd'hui, ça vous va ? Et eux, oui, on va préparer la pirogue et prévenir les gens de là-haut. Et moi, d'accord, mais n'oubliez pas d'emporter des bananes, parce qu'il n'y a pas grand-chose à manger là-bas. Et eux, oui, et aussi du manioc et des patates douces. Et moi, et n'oubliez pas de couvrir la pirogue parce qu'il menace de pleuvoir. Pas de souci.

Un peu plus tard, la pirogue chargée à bloc, comme à l'accoutumée, quitte le débarcadère du Grand Tournant, sans auvent, sans banane, ni manioc, ni patate douce. Quelqu'un a oublié de les prendre, tout est resté à la porte de la *maloca*. De quoi alimenter encore mon irritation, mais ce n'est rien, j'ai appris à passer outre. À la proue se trouvent Geriguiguiatugo, son plus jeune fils, Baitogogo et moi. À la poupe, un des fils de Baitogogo muni de son transistor qui émet une musique larmoyante à plein volume. Au milieu, les femmes se coiffent et s'enduisent de peintures corporelles. Le vieil Apiboréu est resté chez lui avec sa femme. Ces derniers temps, il est faible, il ne parvient presque plus à travailler dans son abattis.

Baitogogo me raconte que Soleil et Lune voyagent aussi en pirogue de cette façon, chacun assis à une extrémité. C'est la raison pour laquelle ils ne se croisent pas, car les femmes restent entre le milieu et l'arrière tandis que les hommes sont toujours à l'avant. Lorsque Soleil descend de la proue vers l'obscurité, Lune monte de l'autre côté, pour naviguer sur le fleuve, et ainsi de suite.

– Mais Lune n'est pas un homme séducteur ? je demande.

– Non, c'est le Maître de la Lune qui est un homme séducteur. Il est pareil que toi, qui vis dans ta maison en ville. Ta maison est comme la Lune, qui est une femme, et toi, à l'intérieur, tu es le séducteur, explique Baitogogo.

Il me demande quand il pourra connaître mon appartement, ma ville. Il veut rencontrer mes sœurs. Je lui dis que nous essaierons, pour le moment je n'ai pas assez d'argent, mais qui sait peut-être l'année prochaine. Baitogogo me dit qu'il a déjà tout vu en rêve, il a vu que je vivais dans une maison ronde qui flottait au milieu d'un lac rouge. Bon, j'habite dans un appartement carré entouré d'autres appartements et d'immeubles gris. Mais au fond, quelle importance ? L'image de son rêve est belle et me plaît. Une maison ronde flottant sur un lac rouge. Il faut que je réfléchisse à la question.

Baitogogo sort son *rapé* et nous prisons ensemble. C'est bon de priser en voyage. Le vent dans la pirogue laisse derrière nous l'inquiétude, ce chien accroché à mon dos. Une famille d'hirondelles suit le sillage de l'eau et la lumière du soleil offre un spectacle singulier lorsqu'elle traverse, oblique, les dentelles des fougères géantes avant de se projeter contre les vaguelettes se formant sur les berges. Quelques méandres plus haut, les falaises sont de plus en plus élevées, comme si elles rejetaient la vie de la ville vers d'autres confins, loin du possible.

Autrefois, cela dut être le décor des explorateurs hallucinés, des hommes s'évertuant à faire passer un bateau à vapeur par-dessus les collines pour arriver au plus vite en ville, des folies et des meurtres pour le caoutchouc, le bois, des bûchers humains, de la *cachaça* faisant tournoyer ses démons dans les yeux et sur la lame des couteaux. Baitogogo en a fait l'expériencc lorsqu'il était adolescent. Des journées entières à se cacher dans la jungle pour échapper aux mercenaires. Des chiens à ses trousses, le corps tout trempé, il a dû se nourrir d'écorces et de polypores cinabre jusqu'à ce que les choses se calment et qu'il puisse rentrer chez lui. Pour quoi ? Pour trouver tout calciné et détruit par des fermiers vindicatifs, deux parents empalés au milieu du terre-plein central, les femmes effrayées cachant les enfants, l'effort lent et la douleur incommensurable pour tout reconstruire peu à peu, selon les préceptes qui leur ont été enseignés à travers les âges. Mais plus maintenant. Les choses se sont apaisées à présent, depuis que le gouvernement a décidé de réglementer ces territoires.

J'ouvre deux boîtes de sardines que nous partageons, Baitogogo et moi. Des sardines qui se transforment en mets de choix les jours où la viande vient à manquer. J'en propose un peu à sa femme. Baitogogo suit mon geste du regard et sa cicatrice s'étire. Nous reprenons ensuite notre conversation sur divers sujets : les ossements des morts qui ont commencé à germer dans le cimetière, donnant un pied de palmier tucuma ; la *maloca* de Chicão infestée d'esprits sangsues ; l'affinité complexe entre les soldats de l'armée et les raies que je ne parviens pas encore à bien comprendre.

– Tu trouves que c'est difficile pour vous là-bas en ville ? me demande-t-il.

– Oui, ça l'est vraiment.

– Pour nous autres indigènes, ce qui est difficile l'est encore plus.

– Je sais, Baitogogo, c'est difficile pour nous tous. Mais il y a aussi de bonnes choses, non ?

– Oui.

Baitogogo veut savoir de quelle couleur sont les cheveux de mon père, je lui dis qu'ils sont blancs.

– Ton père a des jambes ? me demande-t-il ensuite.

– Oui, comme les tiennes...

Baitogogo doit penser que mon père, qui vit sur un terrain en hauteur, au sommet d'une colline, se trouve peut-être plus près des nuages, et donc pourquoi aurait-il des jambes s'il peut flotter là-haut ?

– Ceux qui vivent à l'entrée du ciel n'ont pas de jambes ? je lui demande.

– Non, ils ont leur truc pour marcher. Pareil que le vieil Antonio, qui se tient plus trop droit. Mais là-haut ils en ont pas besoin, c'est ici que c'est difficile.

– C'est vrai qu'il vieillit, je réponds.

– C'est bien le problème. Qu'est-ce qui va se passer quand il mourra, quand il nous abandonnera ? L'autre jour il a bien failli partir, avant que t'arrives, ajoute Baitogogo tout en touchant de nouveau sa cicatrice, en proie à l'inquiétude.

– Ah bon ? Il était très malade ? j'insiste.

– Il a craché du sang et tout, il était vraiment en grand danger.

– C'est pour cette raison qu'ils nous appellent pour discuter ?

– Oui, ça doit être pour ça, on va bien voir.

Les paroles de Sebastião Baitogogo me préoccupent. La dernière fois que j'ai quitté le village, Antonio était encore vaillant ; âgé mais vaillant, aussi sec que du bois de *pau-ferro* mais entier. Et maintenant, ces mauvaises nouvelles. Comment les gens d'ici vont faire quand il mourra ? C'est sans doute de cela qu'ils veulent parler avec leur histoire de président.

Au bout de plusieurs heures, nous arrivons à Tararira, un vieux village entouré de hauts palmiers *pupunha*. Tous les principaux chefs sont également venus pour palabrer, comme je le constate au nombre de pirogues amarrées. Cela m'inquiète. En quoi va consister cette réunion si solennelle, cette histoire de gouvernement ? Nous gravissons le ravin glissant et sommes accueillis par le cacique du village, qui nous fait entrer dans sa *maloca*.

Tous les autres sont déjà là, assis en triangle, ils mangent de la viande de capucin rôti, qu'ils me proposent et que j'accepte poliment. Ils passent les mains sur la tête des uns et des autres en signe de reconnaissance. Ao, l'adjoint des caciques de la région, prend la parole :

– T'es arrivé ?

– Je suis arrivé.

– Notre plus jeune frère que voilà possède le papier, l'essence. Est-ce qu'il va maintenant ouvrir un abattis et rester ici pour de bon ?

– J'aimerais bien…

– Tu vas ramener tes sœurs et rester avec nous maintenant, notre plus jeune frère.

– Il va d'abord falloir parler avec leurs maris…

Tout le monde rit. Ao suit les jalons préécrits de la conversation, je réponds également en respectant le même sempiternel scénario.

– Tu vas ramener tes frères pour travailler avec nous.

– Il va d'abord falloir parler avec leurs femmes.

– Tu vas ramener de l'essence et des cartouches pour la chasse ?

– Ça, c'est plus facile…

Ils rient de nouveau. Ao se rassoit dans le triangle, un long silence s'ensuit. Après cet accueil chaleureux, je sens que mon moral reste bon, j'ai l'espoir que les choses se passent bien. Les chefs portent leurs insignes et sont accoutrés de morceaux d'affiches électorales venant de la ville. Sur les bandes ceignant leur corps, on peut lire « Votez Adilson 25 », un bout de « À la mairie », ou « Neuzinha Conseillère municipale 1343 ». Ce doit être une espèce de mode particulièrement efficace pour l'occasion, j'imagine.

Armando Amarotogogo, cacique général, une sorte de reine d'Angleterre qui, même s'il ne commande personne, est le porte-parole des rares décisions globales qui parviennent à être prises par ici, dit :

– Les gens sont enthousiastes que t'es ici avec nous. Ils t'ont fait venir pour parler d'une affaire de gouvernement, de président. Parce que l'ancien est malade et faut penser à la suite. Tout le monde a réfléchi et a parlé. Maintenant le gouvernement c'est Sebastião Baitogogo. Maintenant notre président, c'est toi Sebastião, d'accord ? Tu connais l'américain, et ça c'est un truc de président. Nous autres ici on a des problèmes de maladie. T'es maintenant notre président, c'est une sage décision.

La cicatrice de Baitogogo tressaille plus que jamais. Ses yeux s'agitent, il observe tout le monde d'un air à la fois calme et surpris. Au bout d'un certain temps, je commence à comprendre que « président » et « gouvernement », des mots qu'ils ont empruntés au portugais puis transposés, désignent celui qui peut dompter Atitanga, qui peut dire ce que Tarotaro et Tarotaroati doivent ou ne doivent pas faire, quel esprit ils doivent ou ne doivent pas invoquer. Autrement dit, il s'agit d'une fonction essentielle, sans laquelle tout pourrait être compromis de manière irréversible. C'est la fonction qu'assume actuellement Antonio Apiboréu, car c'est lui qui a le plus d'expérience. Comme Baitogogo vit là-bas avec lui, ils ont pensé qu'il pourrait le remplacer. Rien de plus naturel, me dis-je.

– Puisque t'es ici, on aimerait avoir ton avis, si Sebastião est bon pour être le gouvernement, me demande Amarotogogo.

– Oui, il l'est, je réponds, enthousiaste.

– C'est donc lui qui sera notre gouvernement ! C'est son plus jeune frère qui l'a dit et redit, c'est donc lui ! tonnent-ils tous, sans même laisser Baitogogo donner son avis.

Je demande à ce dernier si c'est vraiment ce que veut dire Amarotogogo, si j'ai bien compris. Il ne me répond pas et lance un regard furieux de l'autre côté.

– Maintenant c'est moi qui parle ! s'exclame Baitogogo. C'est pas une bonne chose que je sois le gouvernement, je connais pas bien ces trucs-là. Je suis plus jeune qu'Apiboréu, comment je vais me mêler des histoires d'Atitanga ? C'est très dangereux, je vais pas m'en mêler, moi. Trouvez-vous quelqu'un d'autre !

Armando Amarotogogo et tous les autres chefs présents commencent à discuter entre eux. Quelques minutes passent avant qu'ils ne reprennent la parole.

– C'est toi le meilleur pour ça, pour prendre soin de nous ! C'est toi qui es resté vivre avec lui, et avec ce plus jeune frère qui vient de là-bas d'Europe, de l'américain, dit fermement Amarotogogo à Baitogogo.

– Je ne suis pas américain ni européen, je suis d'ici ! je m'écrie.

– C'est tout pareil, les histoires de Brésil, Jérusalem, États-Unis. Tu dois l'aider, répond le chef.

Il semblerait qu'ils aient déjà tous pris leur décision. Or, dans ces cas-là, il n'y a pas de retour en arrière possible. Il en a toujours été ainsi. Baitogogo devra donc être le nouveau gouvernement à la mort d'Antonio Apiboréu. Je glisse un œil sur lui et je vois sa cicatrice tressaillir de nouveau, ses paupières qui tremblent tant il est tendu. Entre-temps, Armando Amarotogogo s'est relevé, en tenant un numéro du *National Geographic*. Ce doit être l'une des revues que j'ai laissées ici lors d'un précédent séjour et qui a fini par circuler de main ou main. Il me montre la photo d'une fusée du genre Challenger ou Discovery. Tous les anciens me regardent.

– C'est ça que nous autres on veut, on a le projet d'en ramener une ici. C'est bien pour aller en ville, en pirogue c'est plus possible. Toi qui es son ami et qui connais les affaires d'Europe, tu peux nous en ramener une, d'accord, Sebastião ? Tu peux dire à Brasília, à Florianópolis que nous on en veut une. À São Paulo, au Japon, qu'il nous la faut. Quand les Éperviers reviendront, tu vas leur parler du projet pareil que ton plus jeune frère t'a appris à le faire. Et après ils vont nous amener cette chose pour aller se promener.

– C'est exactement ça, il a bien parlé ! renchérissent les autres, euphoriques.

J'essaie d'expliquer que la fusée en question est plus grande que le village et qu'elle ne peut se comparer aux petits avions des campagnes de vaccination ou ceux des missionnaires. Je leur dis qu'elle vole beaucoup plus haut et qu'elle est utilisée pour aller sur la Lune, et non pas dans d'autres villes. Et que personne, ni les fonctionnaires du poste, ni le maire, ni les Éperviers, ne pourra en ramener une.

– C'est donc vraiment ce que nous on veut, se réjouissent-ils tous.

– Mais il n'y a que le gouvernement qui en possède, j'essaie d'expliquer, sans m'apercevoir de la méprise que je commets.

– Elle est donc à lui, à Sebastião ! Demande-lui, c'est toi le gouvernement ! insistent-ils en regardant Sebastião Baitogogo.

– C'est hors de prix, c'est impossible à acheter ! j'essaie encore d'arguer.

– T'as la tête à l'envers ou quoi ! Depuis quand l'Épervier achète des choses ? Il va là où les gens fabriquent et il apprend ! dit quelqu'un.

La conversation se prolonge, chaotique, ils se lèvent tous, s'échangent leurs vêtements-affiches et viennent me montrer la photo de la navette Discovery, ils appellent Baitogogo gouvernement, Jérusalem. Un peu confus, j'essaie encore de leur faire comprendre que Jérusalem c'est autre chose, que le gouvernement d'Atitanga ne réussira peut-être pas à rapporter ce type d'objet et ainsi de suite, mais en vain.

Peu à peu, ils se dirigent tous vers le débarcadère pour monter dans leurs pirogues et repartir. Nous prenons également place dans la nôtre, car nous devons atteindre avant la tombée de la nuit le village de Tarotaro, où nous allons dormir et passer quelques jours. Je m'assois à côté de Baitogogo, qui engage la conversation avec moi pendant le trajet.

– Tu aurais dû te taire, t'avais pas à parler de cette histoire de gouvernement ! lâche-t-il avec rudesse.

– Mais j'ai pensé que c'était une bonne idée, non ? Tu ne voulais pas…

– Je voulais rien du tout ! Gouvernement, président, ça vaut rien ! Et moi j'y connais rien, je sais seulement ce que je comprends ! Sauf que t'as tout gâché.

– Moi ? Comment ça ? Qu'est-ce qu'il fallait que je fasse ?

– Si t'avais pas parlé, ils auraient rien fait. C'est toi qui aurais dû être président. C'est toi qui parles avec l'ancien, qui connais l'histoire. Moi, je la connais pas bien. C'est toi qui es là depuis longtemps et qui connais notre langue.

– Mais moi je suis quelqu'un d'autre, mon père et ma mère habitent ailleurs, dans ma région, je ne pourrai pas rester ici.

– N'importe quoi, si c'était vrai, tu passerais pas ton temps avec nous, puisque quand t'es là, tu peux pas les aider à planter leur manioc. Tu les laisserais là-bas tout seuls ? Non, tu le ferais pas, c'est donc que t'as pas de père !

– Tu sais bien que si, je t'ai même montré une photo. Ici aussi, j'ai des parents, toi, Apiboréu et les autres que j'aime beaucoup et qui sont devenus ma famille, mais je ne peux pas rester pour toujours.

– Et cette fusée que j'avais jamais vue, comment je vais demander ça aux Éperviers ? Tu ferais un bon président, tu saurais monter des projets.

– Mon frère, je veux bien aider, mais je ne suis le président de personne. Je suis quelqu'un d'autre, tu le sais bien.

– Argh, je veux plus parler de ça !

Baitogogo se détourne, contrarié. Nous nous remplissons la panse de viande de tapir qu'on nous a donnée dans une petite marmite, et nous traversons d'autres villages avant d'arriver chez Tarotaro. Je ne comprends pas pourquoi Baitogogo est en colère, encore moins pourquoi il est furieux contre moi, même si je commence à regretter l'erreur que j'ai commise en lui apportant mon soutien. J'aurais dû en effet rester tranquille dans mon coin. Après tout, en quoi ça me concerne ? J'ai raté l'opportunité de mieux comprendre ce que ces gens entendent par président au lieu de me mêler des problèmes des autres. Ou tout du moins que je considère encore comme étant les problèmes des autres.

La fin de la journée est arrivée plus tôt que prévu et, comme nous n'avions pas de lampes-torches, nous avons décidé de passer la nuit dans un *tapiri* abandonné et de poursuivre notre route le lendemain. Baitogogo et sa famille sont restés silencieux, introspectifs, comme s'ils réfléchissaient aux conséquences de la décision prise dans l'après-midi. J'ai accroché mon hamac dans un coin et j'ai dormi, accompagné de rêves décousus où il y avait des nids d'oiseaux, des troncs d'arbres et des nuages épars dévoilant les parties rouges du ciel.

Feu du ciel

Nous remontons le fleuve toute la matinée jusqu'au dernier village. C'est là que vit Tarotaro, dans une petite *maloca*, avec sa femme, ses fils et ses belles-filles. Le village est entouré d'une vaste bananeraie, que nous sillonnons sous un soleil cruel avant de trouver le bon sentier. La *maloca* se situe sur une colline plus élevée, offrant l'une des plus belles vues du fleuve, même si l'horizon ici est limité, toujours bouché par l'infinie immensité des arbres. Dernière présence humaine avant un point perdu. Cette sensation m'a toujours accompagné en arrivant dans ce village. Sans doute sous l'influence de sa femme, qui a été volée aux Oborenos alors qu'elle était encore enfant, la *maloca* de Tarotaro est la seule maison du fleuve à présenter un plan hexagonal. D'étranges figures multiformes en bois sont accrochées sur son faîte ; elles se balancent au vent et donnent l'impression d'être là depuis très longtemps. Encrassées de suie et de poussière, elles rappellent des corps humains tantôt pourvus tantôt dépourvus de certains membres ; des parties d'animaux, principalement des arthropodes, sont enchâssées là où semble manquer un bras ou une jambe. Dans d'autres villages, il est aussi d'usage de fixer des miroirs crasseux ou des bouts de métal brillants.

Je n'ai jamais bien compris leur utilité. Baitogogo dit que ça leur appartient, que c'est lié à Atitanga. C'est Tarotaroati qui a sculpté ces objets et elle ne m'a donné aucune explication à leur sujet. Lorsque j'interroge Tarotaro sur ces étranges figures, il me dit qu'il ne sait pas de quoi je parle, qu'il ne les a jamais vues sur la *maloca*, ce qui est pour le moins curieux ; s'il est un peu sourd, Tarotaro n'est pas aveugle et vit ici depuis longtemps. Il est possible que le sens de ces figures ne se révèle pas à nous. C'est sans doute pour cela qu'elles « ne sont pas là », comme dit Tarotaro, mais ailleurs, où elles projettent leur présence singulière pour être admirées (ou peut-être craintes) par d'autres yeux.

Quoi qu'il en soit, ça n'a guère d'importance à présent. Il faudrait que je me consacre davantage à ces figures, et aux autres que l'on voit parfois accrochées sur les carbets. Il faudrait que je lise davantage sur le sujet et que je fasse des comparaisons avec d'autres pièces similaires que j'ai découvertes un jour dans les collections du labo. Elles pourraient soulever des questions passionnantes sur la nature des esprits et leur relation aux images, mais je dois laisser ce sujet de côté pour le moment afin de me concentrer sur mon objectif premier, et faire en sorte que Tarotaro achève enfin la fameuse histoire.

Nous entrons, prenons place sur les bancs triangulaires et procédons immédiatement à l'habituel passage de mains dans les cheveux des uns des autres en signe de reconnaissance. Tarotaro dit t'es arrivé, et je réponds je suis arrivé. Une ribambelle de singes-araignées sont suspendus sur la traverse centrale, les membres repliés et la tête en bas, une position rappelant le perchoir de perroquet, une méthode de torture. La scène me procure une impression sinistre, mais il s'agit de toute évidence d'un arrangement strictement culinaire. Ainsi accrochés, les singes sont peu à peu boucanés par la fumée qui s'élève de façon ininterrompue des foyers, si bien que non seulement la viande s'abîme moins vite mais elle prend une saveur particulière. Les corps des singes sont parfois recouverts d'une multitude de petits cafards qui prolifèrent dans la paille, aussitôt effrayés par le couteau s'apprêtant à découper une lamelle de viande pour un repas. En réalité, il s'agit d'un mets de choix, une spécialité de la *maloca* de Tarotaro que j'ai hâte de savourer de nouveau.

On nous sert un peu de la viande boucanée si prisée, accompagnée de morceaux de manioc et de banane plantain grillée. J'offre aussi des paquets de biscuits, que les enfants dévorent en un instant. Je vais ensuite me baigner seul dans un ruisseau. La viande a dû avoir un effet sur mes glandes, je réussis à peine à dissimuler une forte érection sous mon short fin, c'est pourquoi je tiens à être seul dans le ruisseau pour me soulager.

Je trouve un endroit parfait, assez éloigné de la *maloca* et des autres, je me déshabille, plonge et sors de l'eau. Je commence à me masturber ici même, en abusant des jeunes femmes plantureuses de mon imagination. Je jette un coup d'œil au cas où sur le côté, vers un coude du cours d'eau caché par des arbustes et, à ma stupéfaction, j'aperçois la femme de Baitogogo et son énorme poitrine ferme et brillante. Elle se baigne aussi, tranquille et accroupie dans le ruisseau. Elle a dû rester parfaitement silencieuse en entendant quelqu'un approcher. Surprise, elle observe fixement mon corps. Je reste interdit, sans savoir que faire, avant de renfiler en hâte mon short et de m'en aller comme si de rien n'était. Je cours vers l'endroit le plus éloigné du sous-bois, où je me soulage rapidement, non sans éprouver un certain malaise causé par le manque total d'intimité et par mon imprudence. Il s'en est fallu de peu pour que je rejoigne la femme, qui aurait peut-être aimé goûter une autre chair.

Quel idiot, j'ai raté ma chance, personne n'aurait rien vu ! Non, en réalité j'ai été exemplaire, et puis, qui me dit qu'elle aurait eu envie de moi ? Elle aurait probablement pris ses jambes à son cou et m'aurait dénoncé, ah c'est sûr qu'elle l'aurait fait ! Elle me mettait à l'épreuve, heureusement que je l'ai compris. Mais non, pas du tout, elle en avait envie, c'est pour ça qu'elle se tenait là, accroupie, pile à cet instant, elle en avait envie, elle aurait fait preuve de la plus grande discrétion et tu as laissé passer l'occasion. Allez, c'est bien mieux ainsi : laisser filer ce qui aurait généré un sacré bordel. Que dalle ! Depuis quand le plaisir est un bordel ? Si c'est ce que tu penses, c'est que tu as un vrai souci, un problème d'ordre moral pas résolu.

J'entre dans la *maloca* trempé de sueur à cause du soleil implacable, comme si le bain avait été inutile. Libéré de ces voix intérieures discordantes, je commence à penser aux conséquences probables du petit incident. Je ne suis pas sans savoir qu'ici le secret et la discrétion n'existent pas. Le commérage n'est pas exactement un vice, mais l'un des moyens les plus efficaces pour que les relations existent, pour saupoudrer la vie en société de quelque grâce ou conflit. J'imagine que Baitogogo apprendra ce qui n'a pas eu lieu, probablement sous la forme d'une plaisanterie ou quelque chose dans ce genre. Et j'espère qu'il saura considérer le fait qu'il ne s'est rien passé à sa juste mesure, c'est-à-dire à celle de mon insignifiance, de ma déplorable condition, « du pauvre qui dort tout seul », comme ils disent ici.

Je laisse mon inquiétude de côté et retourne au village, où les hommes sont allongés dans leurs hamacs suspendus aux traverses d'un *tapiri* abandonné. Ici, une légère brise parvient à adoucir la chaleur. Tout le monde prise du *rapé* et boit de l'infusion de *wãchi*. Ils semblent se préparer pour un rituel. Ils discutent à voix basse, répètent quelques chants que Tarotaro, coiffé de son indéfectible casquette de la banque Bradesco, connaît bien. Épuisé, je me tourne sur le côté dans mon hamac et m'assoupis quelques instants.

À mon réveil, seul Tarotaro est présent, tous les autres sont partis se baigner. Il pose sur moi son regard amical. Le voilà soudain pris d'une quinte de toux et d'une crise d'asthme. Je perçois aussitôt l'opportunité de notre tête-à-tête. Je lui demande s'il a pensé à ses médicaments, mais c'est comme s'il ne m'entendait pas. Je me dis que c'est peut-être le bon moment et je l'interroge, en forçant un peu la voix, sur l'attrapeur d'oiseaux. Cette fois, je recours à un subterfuge pour l'inciter à me révéler ce que j'ai besoin de savoir. Je fais mine de connaître l'histoire, comme si Tarotaro avait déjà commencé à me la raconter à un autre moment, l'idée étant qu'il corrige le passage autour du surgissement et de la destruction de l'humanité de chair qu'Amatseratu a recréée peu après à partir d'un reste de sang. J'invente ensuite un événement qui pourrait faire partie du récit de l'attrapeur d'oiseaux pour voir si mon stratagème fonctionne.

– Que se passe-t-il exactement après qu'ils ont quitté la *maloca* en direction de l'arbre ? je lance, en espérant que Tarotaro morde à l'hameçon.

À ma grande surprise, il poursuit l'histoire dans sa langue. Je traduis rapidement les principaux passages dans mon carnet, tandis que mon dictaphone enregistre une meilleure version.

– Ils suivent ensemble le chemin qui mène à la forêt, Amariatana, sa femme et celui qu'on appelle son frère, Amatseratu.

– Ce sont donc les mêmes personnages que dans l'histoire du surgissement du monde ? je demande à Tarotaro, en interrompant anxieusement le récit qu'il vient à peine de commencer.

– Tout à fait, les mêmes, mais après ils font autre chose. Les Amariatanas et leur plus jeune frère, Amatseratu, ont fait autre chose. Amatseratu a déjà tout gâché, il a refait les êtres de chair avec un reste de sang, tu te rappelles ?

– Ça me revient.

– Et après ils sont partis, ils sont partis attraper les oisillons.

– Mais l'Amariatana de cette histoire est une seule ou bien quatre personnes ?

– C'est une seule, c'est les quatre, c'est pareil, répond Tarotaro.

Et il poursuit avec une voix légèrement altérée. Il en va souvent ainsi lorsqu'il s'apprête à raconter une histoire. C'est une façon de différentier sa voix du langage courant, un procédé que les anciens d'ici, pour le moment, maîtrisent encore. Je continue de traduire dans mon carnet.

Ils sont toujours tous ensemble, et Amatseratu marche derrière, en attrapant les lézards qui se cachent le long du chemin.

Amatseratu dévore les lézards, qui passent aussitôt dans son intestin, puis il les chie au milieu du chemin.

Là où tombe un reste de lézard, au beau milieu du chemin, apparaît ce que vous appelez fer. Et le chemin se retrouve jonché de morceaux de fer.

– Il fabrique du fer avec sa merde ? j'interromps de nouveau, comme si je n'avais pas appris qu'il ne faut jamais couper la parole d'un conteur quand il commence son récit.

– Oui, c'est ça. Si tu connais déjà l'histoire, j'ai pas besoin de te la raconter, dit-il.

– Non, non, pas du tout ! Je ne la connais pas bien, racontez-la-moi ! j'insiste, en essayant de réparer ma bourde.

– Si je te la raconte maintenant, c'est uniquement parce que les autres sont pas là. Il est temps que tu la connaisses. Les Éperviers l'ont dit, même si les autres trouvent pas ça bien. Il est presque temps, m'explique Tarotaro, avant de reprendre son récit.

Les Amariatanas sont devant et Amatseratu suit derrière.

Ils vont attraper les oiseaux tout en haut de l'arbre principal.

Ils ont besoin d'attraper les oiseaux de l'arbre principal pour fabriquer leurs chapeaux, les chapeaux pourvus de plumes les plus fines possible.

Seuls ces très jolis oisillons qui nichent en haut de l'arbre principal possèdent de telles plumes.

Ils traversent le ruisseau rouge.

Ensuite ils passent par le ruisseau noir, puis par le ruisseau couleur de fumée.

Amatseratu regarde fixement les fesses de la femme des Amariatanas.

Ils réprimandent celui qu'ils disent être leur frère.

Amatseratu s'apprête à mordre les fesses de la femme des Amariatanas, il s'apprête à lui mordiller les grandes lèvres.

La femme en a envie, mais elle a peur d'être dévorée.

Les Amariatanas mettent la femme devant eux pour la protéger et précèdent Amatseratu.

Amatseratu coupe des bouts de sa propre oreille et les mâche.

Amatseratu, Celui qui dévore sa propre oreille.

Après avoir traversé le ruisseau marron, ils arrivent au bord d'un grand trou.

Amatseratu laisse échapper de la poudre en marchant.

De la poudre qui tombe de ses fesses apparaît ce que vous appelez le verre, le machin qui sert à boire et pour les vitres des maisons en ville.

– Tu sais ce qui apparaît alors ? me demande Tarotaro en interrompant son histoire.

– Les lézards ?

– Non, les lézards c'était avant, là ce sont les hirondelles qui surgissent des restes des bouts d'oreille d'Amatseratu, explique-t-il.

– Ah, d'accord. Donc Amatseratu transformait tout sur son passage, et en plus il voulait prendre leur femme ?

– Oui, c'est ça, t'as compris, c'est tout à fait ça.

– Alors c'est lui qui a fait toutes les choses qui existent en ville ? je demande, intrigué, pour savoir si j'ai bien compris ou si je tire une conclusion hâtive.

– Oui, c'est lui qui a fait les immeubles, les machins en verre et tout et tout, précise-t-il avant de poursuivre.

À la fin du cinquième jour, ils passent à travers le trou et atteignent l'Autre Côté, où ils vont pouvoir trouver l'arbre principal.

Amatseratu marche à quatre pattes derrière les Amariatanas, il invente pour lui-même une poussette, un machin comme le vôtre, parce qu'il est paresseux.

Il invente la poussette pour marcher pendant qu'il est enfant.

Puis il grandit encore et marche sur deux jambes.

Puis il marche sur une seule jambe.

Puis il marche sur aucune jambe.

Enfin, ils arrivent au pied de l'arbre principal, au sommet duquel nichent les harpies féroces.

Ils doivent grimper à l'arbre pour atteindre le nid des harpies féroces.

Les Amariatanas lancent la corde de boyaux de tapir pour grimper.

Vas-y d'abord, dit un Amariatana à l'autre.

Non, vas-y toi, j'attends en bas, dit le deuxième Amariatana au troisième.

Non, vas-y toi, j'attends en bas, dit le troisième Amariatana au quatrième.

Non, je reste pour prendre soin de la femme, dit le quatrième Amariatana au premier.

– On dirait qu'ils n'arrivent pas à se mettre d'accord ! dis-je

– Ces gens sont comme ça, ils ont du mal à se mettre d'accord, les frères aînés veulent pas monter.

Et Tarotaro continue.

Pendant qu'ils se disputent, Amatseratu mordille et lèche de nouveau les fesses de la femme, sans que les Amariatanas s'en aperçoivent.

Ils n'aiment pas qu'Amatseratu mordille les fesses de leur femme.

Ils n'aiment pas qu'il lèche les grandes lèvres de leur femme.

Mais c'est une canaille, un vrai gamin, et il les mordille quand même.

Grimpe, disent les quatre à Amatseratu.

Au moment où ils disent : Allez grimpe immédiatement, ils grandissent, atteignent presque le sommet du ciel, et Amatseratu prend peur.

Au moment où Amatseratu commence à se hisser sur la corde de boyaux de tapir, les quatre Amariatanas reprennent leur taille initiale.

Les hommes reviennent dans le *tapiri* après s'être baignés dans la rivière et, à ma grande frustration, Tarotaro interrompt l'histoire. Il me lance un regard complice, je comprends que je ne dois pas insister. Tout le monde s'allonge dans son hamac. Baitogogo s'installe à côté de moi. Il m'a apporté des bananes mûres, il sait que j'ai faim et que je ne pourrai pas en trouver seul dans le village. Cela signifie qu'il n'est plus en colère comme hier dans la pirogue, et que sa femme n'a peut-être rien dit de l'incident dans le ruisseau. Nous discutons, prisons du *rapé*, buvons du *wãchi*. Nous nous endormons pendant que Tarotaro continue d'apprendre des chants à ses enfants.

Je me réveille en sursaut, des rognures de banane sur les genoux. Je suis seul dans le *tapiri*, la nuit profonde dévoile un ciel rempli d'étoiles. C'est la nouvelle lune et l'obscurité révèle des mondes encore non identifiés, une multitude de points minuscules entre les Pléiades, de petites galaxies entre les trois étoiles les plus brillantes de la ceinture d'Orion, à moins que ce ne soit l'infusion de *wãchi* qui me permette de voir l'impondérable. Le seul foyer de lumière provient de l'intérieur de la *maloca* de Tarotaro, où les hommes chantent accompagnés en chœur par les femmes. J'entre et je m'assois discrètement à l'extrémité d'un banc. Je traduis rapidement quelques vers dans mon carnet.

Pluie rouge
Feu du ciel
Pluie de feu
Arbres et cendre
Cendre cendre des arbres
Arbres et cendre
Cendre cendre des arbres

Le chant prend des accents de complainte vertigineuse. Les femmes pleurent. Les hommes répètent les vers avec intensité, la gorge étranglée par l'émotion. Tous les bébés commencent à s'agiter et à sangloter en même temps. Les enfants courent sous les hamacs et sont maîtrisés par leurs mères. Le chant est suspendu un instant. Tarotaro est à genoux par terre, son épouse juchée sur son dos. Il est de nouveau Atitanga. Et sa femme, les yeux rivés sur les hommes, transmet ce que voient les Éperviers.

Feu du ciel, la marmite du ciel bout toute seule au-dessus des nuages, la marmite du ciel.

Amatseratu fait bouillir les pierres de la marmite du ciel avec toute sa rage.

Amatseratu.

Du bord de la montagne de pierre, les pierres roulent, la montagne roule, les pierres enflamment le grand fleuve qui se déverse sur les bords.

Les morts dansent déchaînés dans le village céleste, les dents limées des morts pointent cette terre.

Les dents limées des morts !

Feu du ciel, le feu du ciel déborde, coule par les bords du firmament.

Les arbres, les arbres sont calcinés par le feu du ciel, boules de feu crachées par l'estomac du ciel.

Il s'approche, il s'approche de plus en plus.

La danse déchaînée des morts au sommet du ciel.

Ils installent les malocas *en bas, assèchent les abattis, assèchent la chair et les os, assèchent la chair et les os.*

Il s'approche, il s'approche de plus en plus, il s'approche de plus en plus.

Hmhmhnm, ainhainhainhain, hmhmh.

La femme s'arrête un moment de rapporter les paroles d'Atitanga et un silence s'ensuit. Perplexe, je perçois un lien entre les paroles d'Atitanga et l'histoire de l'attrapeur d'oiseaux que Tarotaro me racontait tout à l'heure. Mais comment est-ce possible ? Auraient-ils deviné ce que le *pajé* me disait peu avant en privé ou s'agit-il d'une simple coïncidence ? Ou est-ce moi qui ne comprends pas ? Ils sont tous interdits et me fixent, comme si j'avais une réponse à leur apporter. J'interroge Baitogogo du regard pour savoir ce qui se passe. Il m'explique que les Éperviers ont vu la fin des temps, que cela se manifeste de plus en plus dans le discours d'Atitanga. Et ils se mettent à m'interpeller.

– Qu'est-ce qu'il faut faire ? Tu le sais sûrement, toi. Tu sais sûrement quand la fin va arriver.

– Je n'en ai pas la moindre idée, dis-je. Demandez à Tarotaro, comment est-ce que je pourrais savoir ? Je n'ai pas vu ce dont parlent les Éperviers ! Mais c'est probablement vrai, parce que les Blancs en parlent aussi ces derniers temps.

– Alors emmène-nous au moins boire une bière en ville ! lance quelqu'un, et tout le monde rit.

– C'est pour ça que j'ai dit que tu serais parfait pour être le gouvernement, le président ! me chuchote Baitogogo à l'oreille, avec une certaine tension dans la voix.

– C'est toi qui es notre maître désormais, dit quelqu'un à Baitogogo, demande aux Éperviers ce qu'on va faire !

– Je suis pas le maître ! Vous avez parlé de président, mais moi je pense que c'est pas bien. Et le vieil Apiboréu, il est pas encore mort, répond Baitogogo, en clignant des yeux de nervosité.

Tarotaroati semble dompter de nouveau Atitanga. Elle continue de transmettre ces fresques accablantes par mots saccadés.

Lorsque celui qui est né il y a longtemps mourra, le ciel commencera à déborder.

Lorsque celui qui est né il y a longtemps mourra, tous les poissons pourriront dans les rivières.

Lorsque celui qui est né il y a longtemps mourra, ceux qui ont porté la main sur la femme d'un autre seront enlisés dans la rivière souterraine.

Le feu de la terre rencontre le feu du ciel.

Amatseratu est un enfant qui ramène le feu de la terre au feu du ciel, il met fin au ciel et à la terre.

Amatseratu construit et détruit les serpents de verre des villes.

Manaus, Europe, Jérusalem.

Des mères enfantent par le dos, des mères enfantent par les oreilles.

Les aliments sortent par là où ils ne devraient pas, les os se dissolvent dans la peau, les gens se disloquent, tout flasques, par les contours.

Les doigts de fumée envahissent les contours de la terre.

Fumée de la Maison de Pierre, Fumée de la Maison de Verre.

Manaus, Europe, Jérusalem.

Absorbé par ces mots et par la puissance des visions, j'arrête un moment de prendre des notes dans mon carnet. Jamais au labo nous n'avions identifié de spéculations apocalyptiques dans ces régions de la forêt. J'ai néanmoins appris à tout attendre de la selve profonde. Complices des articulations de la Terre, ces Éperviers – qui ne sont pas les oiseaux du même nom, les rapaces locaux, que l'on peut voir avec des yeux ordinaires – savent à quel moment le monde commence à être perturbé pour une raison ou une autre. Or les raisons ne manquent pas par les temps qui courent.

Mes divagations se mêlent au tumulte de la *maloca*, galvanisée par les paroles d'Atitanga, des Éperviers. Est-ce pour cela qu'ils ont inventé cette histoire de président, de gouvernement ? Le président, qui en l'occurrence est toujours Apiboréu, bien qu'il soit affaibli et immobilisé chez lui, doit être capable de réguler cet excès de sens véhiculé par Tarotaro quand il se transforme en Atitanga ? Alors, se pourrait-il que Baitogogo ait raison ? C'est bien moi qui devrais être le futur président ! Oui, car cela m'aiderait à mieux comprendre ce discours sur les cataclysmes. Ces derniers temps, au labo, on s'informe et on travaille beaucoup sur le sujet, depuis le projet que nous avions réalisé en partenariat avec des géologues finlandais. Peut-être pourrais-je aussi négocier avec les Éperviers, discuter avec eux pour faire en sorte que les choses se passent au mieux. J'hésite un moment, j'envisage même la parfaite cohérence d'une telle idée, de toute évidence absurde.

Baitogogo et les autres hommes commentent en silence les paroles de Tarotaroati en avalant des lampées et des lampées de *wãchi*. D'après eux, Amatseratu doit s'apprêter à revenir de son exil dans les villes de pierre, après l'épisode du surgissement et de sa séparation des quatre Amariatanas.

– Qu'est-ce qu'on va faire ? me demandent-ils.

– Vous, je ne sais pas, mais moi je vais dormir, dis-je.

– Je pars avec toi, dit Baitogogo.

Nous sortons sous le ciel qui s'est entre-temps complètement couvert, ourdissant sans doute un orage.

– On ferait mieux d'amarrer la pirogue, je suggère.

– Oui, tu as raison, sinon la pluie pourrait l'emporter.

Après avoir arrimé la pirogue, nous remontons la falaise, en traversant rapidement la bananeraie de Tarotaro tant qu'il ne pleut pas. Puis nous accrochons nos hamacs dans le *tapiri*. Nous mangeons d'autres bananes que Baitogogo a trouvées, tandis que j'ouvre un paquet de biscuits et une boîte de saucisses. Cela devrait faire l'affaire pour le dîner. Je m'allonge comme si j'étais un cadavre, recouvert par la masse déchaînée et sombre des nuages.

Un violent orage manque de balayer la fragile toiture sous laquelle nous nous sommes abrités. Un torrent de pluie passe sous le plancher bas en feuilles de palmier et semble vouloir tout emporter. Nous nous précipitons dans la *maloca* et nous couchons sur les bancs triangulaires. Je ne ferme pas l'œil de la nuit, entre les ultimes visions provoquées par le *wãchi*, les pleurs des enfants, les réprimandes des mères et tout le raffut d'un foyer vivant.

Il doit être quatre heures du matin, mais impossible de rester couché. Ils sont déjà tous debout et nous attendons que le jour se lève sur le terre-plein, de nouveau baigné par le ciel étoilé. Ciel cristallin, ouvert, encore plus clair après avoir été lavé par l'orage. Ciel de monde nouveau, récemment apparu au milieu d'un autre ciel plus ancien.

Le grand esprit

À six heures du matin, Baitogogo reçoit un appel radio de la pharmacie. Ce sont les gens du Grand Tournant qui annoncent la nouvelle : Antonio Apiboréu est mort cette nuit dans son hamac. D'après ce qu'ils ont transmis par radio, il serait mort tranquille, en dormant, apparemment sans aucune souffrance, sans pour autant avoir été épargné par les attaques invisibles dont sont souvent victimes les personnes âgées. Le moment, cependant, ne se prête guère aux spéculations sur les causes de l'attaque. Ce qui compte, c'est que tout le monde regrette déjà l'absence de celui qui était un véritable pilier. Alors tout le fleuve s'ébranle et se dirige vers le village du Grand Tournant pour les funérailles. Même les anciens adversaires d'Apiboréu, ceux qui autrefois cultivaient avec le vieux *pajé* des querelles et des accusations mutuelles de sorcellerie, déplorent le départ de celui qui était l'un des derniers à avoir grandi comme leurs ancêtres. L'un des derniers à avoir du sang clair dans les veines, le sang transparent altéré par des années consacrées au *wăchi* et à la vie invisible. Baitogogo contrôle à peine ses pleurs compulsifs. Ils se mettent tous à s'arracher les cheveux, ils poussent un gémissement collectif vertigineux qui m'ébranle profondément comme s'il traduisait une espèce d'abandon commun de la vie, une forme de tristesse si généralisée qu'elle pourrait même conduire au suicide collectif. Je sais qu'une telle chose n'arrivera pas, je sais qu'il s'agit d'une façon ritualisée d'affronter la perte et que tout s'apaisera avec le temps, mais le départ d'un homme comme Apiboréu rend le deuil bien plus intense que d'ordinaire. Mes yeux se remplissent de larmes, ma poitrine m'oppresse, mais je n'en viens pas à m'arracher les cheveux ni à déchirer mes vêtements comme mes compagnons. Baitogogo est assis et se penche plusieurs fois en avant, il laisse une épaisse coulée de flegme et de larmes s'échapper de ses narines et atteindre presque le sol, tandis que ses pleurs se transforment en un chant angoissé.

Mon grand épervier
le grand épervier
tournoyant au-dessus des carbets
Mon grand épervier
tournoyant au-dessus des carbets
parce qu'il tournoie
au-dessus des carbets
mon grand épervier
pourquoi n'est-il
plus là
à tournoyer
au-dessus des carbets ?
Mon grand épervier...

La femme de Baitogogo, sa fille Ina, Tarotaro et son épouse s'assoient tous, ils pleurent convulsivement et chantent. Baitogogo se lève en tremblant, il manque de tomber par terre, il a du mal à parler, mais il me demande, en balbutiant, de préparer la pirogue, car nous allons tous descendre sur-le-champ. Antonio Apiboréu, le grand esprit de ces terres, le vieux président, est mort.

Nous traversons en silence les arbres qui ploient sur le fleuve. Je dirige la longue pirogue dans laquelle nous nous installons tous, y compris les habitants du village de Tarotaro, à l'exception de deux de ses fils, qui descendent sans pagaie ni moteur dans une pirogue plus petite. Quand une personne de la valeur d'Apiboréu meurt, il est interdit de faire le moindre effort. On s'allonge.

Les arbres semblent grandir derrière nous, tandis que nous passons devant d'autres villages et sommes suivis par toutes les pirogues qui descendent sans pagaies ni moteur, juste portées par le courant. Au-dessus de nos têtes, un phénomène inhabituel : des oiseaux de proie, qui d'ordinaire volent seuls, nous accompagnent en bande, comme si c'étaient des urubus. Harpies féroces, faucons aplomado, caracas huppés, ils assombrissent le ciel grisâtre de cette étrange journée.

Arrivés au Grand Tournant, nous amarrons les pirogues sur la plage et montons en silence l'escalier de la falaise, qui débouche sur la grande *maloca* d'Antonio Apiboréu. Baitogogo et sa femme se remettent à pleurer convulsivement et à déchirer leurs vêtements. Des filets de sang ruissellent du cuir chevelu des enfants d'Apiboréu, si extrême est la violence avec laquelle ils s'arrachent des touffes entières de cheveux. Ils sont tous désespérés et entonnent des chants étouffés au milieu des sanglots, des coulées de larmes et de sécrétions.

Je m'assois sur un banc devant la *maloca*, en compagnie de Pasho, le nain, et des enfants qui s'accrochent à mes genoux et à mes épaules. Au fond de moi, je sais que d'ici peu je ne parviendrai plus à trouver de sens à mon séjour, comme si la tragédie ne faisait que confirmer le mal-être que je ressens ces derniers temps.

Le corps d'Antonio Apiboréu est placé sur un catafalque, au centre de la *maloca*, entouré de quatre échelles sur lesquelles les personnes montent pour lui rendre un dernier hommage. En réalité, on ne voit que le masque en argile posé la veille sur son visage « pour pas que les vers lui dévorent les yeux », disent-ils. Son corps, rigide et bien accommodé, n'exprime aucune pesanteur ni souffrance. D'après ce que Tarotaro m'a raconté, Apiboréu serait mort en voyant en rêve son père et sa mère, qui l'appelaient pour manger. Il était déjà pratiquement absent, il était déjà léger avant même de mourir, le processus était seulement arrivé à sa fin.

Tarotaro et moi montons sur le catafalque pour voir le corps. Je me tiens d'un côté, le *pajé* de l'autre, si bien qu'entre nos deux têtes se trouve celle du défunt. Tarotaro retire lentement le masque pour regarder une dernière fois son parent. Nous distinguons tous les deux une fine brume blanche sur son visage, aux lèvres et aux yeux sereins.

– C'est bien à présent qu'il parte, qu'il passe sur le nuage, parce qu'il va ni descendre ni monter, il va rester dans l'Arbre, devenir nuage d'arbre.

– Il va rester ici dans les arbres ? je demande.

– Il va aller au ciel, mais ce n'est pas le ciel tout là-haut. C'est celui de l'Arbre, le ciel où il va, il va dans le ciel de l'Arbre. Il est en train d'arriver.

– C'est bien qu'il en soit ainsi, n'est-ce pas ?

– C'est bien qu'il reste là-haut avec son frère, son père et sa mère. Ils sont tous là-bas dans l'Arbre, c'est dans l'arbre qu'il va rester. Mais si tout brûle là-bas, il devra partir, si tout brûle, je sais pas où il ira.

Nous replaçons le masque sur son visage et descendons par les deux échelles. Tarotaro, ce n'est pas un hasard, est le seul qui, avec moi, maîtrise ses pleurs et réussit à donner quelques directives au chaos qui s'installe dans le village. Sur le terre-plein, tout le monde s'allonge. Ils s'allongent sur le sol, partout, car il est dangereux de rester debout. Ils passent la journée allongés sans manger ni boire de l'eau ou déféquer. Ils laissent seulement échapper de faibles gémissements aux coins des lèvres. Ils cessent de déchirer leurs vêtements et de s'arracher les cheveux mais ils restent allongés. S'ils se levaient, le défunt pourrait passer au-dessus de leur tête et s'enrouler dans leurs cheveux. Il finirait par tomber n'importe où dans le village, il resterait abandonné là, à pleurnicher derrière un bananier, sur un palmier *babassu*.

– Ils vont rester allongés comme ça longtemps ? je demande à Tarotaro, car, voyant qu'il commence à faire nuit, je m'inquiète. Ils peuvent tomber malades avec cette pluie, ils sont trempés de boue.

– Ils sont déjà tous malades, c'est comme ça avec le rituel de l'allonger, mais ça passe après.

– Et pourquoi vous, vous ne vous allongez pas, Tarotaro ?

– Je suis pas pareil qu'eux, je suis pas pareil que toi, je me sens pas bien ici.

– Vous ne vous sentez pas bien ici ?

– Non, je suis pas moi, je vis ailleurs pendant que je te parle ici, mais eux, ils sont tous à l'intérieur d'eux-mêmes, c'est pour ça qu'ils restent allongés, pour pas déconcentrer le mort dans sa quête du bon chemin jusqu'au ciel.

– D'accord, mais ils ne vont pas manger ?

– Ils en ont pas besoin, mais ça te dit qu'on aille manger un morceau, nous ?

– Allons-y.

Nous entrons dans mon carbet. Je prépare du riz, des haricots et quelques bananes.

– Je ne peux pas vous proposer de vrai repas, Tarotaro. Aujourd'hui il n'y a rien d'autre.

– C'est parfait. Tu réchaufferas le café pour qu'on cause.

Nous finissons de manger et je filtre le café. Tarotaro s'installe dans mon hamac et je m'assois par terre, en songeant à la ville, à chez moi, à un possible départ les prochains jours, qui sait dans un mois, quand une patrouille passera par ici. Avec le départ d'Apiboréu, tout a perdu son sens. Tout, hormis l'histoire dont le magnétisme me captive encore. Tarotaro se balance dans le hamac en regardant la toiture de chaume, tandis que nous parvenons en arrière-fond les lamentations de ceux qui sont allongés partout dans le village. Il fait déjà nuit et personne ne s'est levé.

– Et alors le fripon a commencé à grimper.

Soudain, Tarotaro reprend l'histoire de l'attrapeur d'oiseaux ; je cours chercher mon dictaphone et mon carnet, car il emploie des mots différents du vocabulaire ordinaire, et je dois prendre des notes et traduire. J'estropie certains termes ; la fatigue m'empêche de me concentrer.

Heureusement Tarotaro a la gentillesse de raconter lentement, en prenant au moment où Amatseratu, le plus jeune frère, est contraint par les quatre aînés de grimper à l'arbre afin d'attraper les oisillons de la harpie féroce. Les aînés, qui avaient adopté une apparence effrayante, les yeux rouges et les dents limées, et qui ont ainsi obligé le plus jeune frère, le gâcheur, à se lancer dans l'ascension. Je continue d'écrire à toute allure dans mon carnet.

Amatseratu commence à se hisser sur la corde de boyaux de porc.

Il passe devant les piverts, il passe devant les chenilles, il passe devant la maison des singes de nuit et il monte.

Arrivé au sommet, il regarde en bas et dit :

Je suis arrivé !

Les quatre frères, ainsi que leur femme, lui disent d'attraper les oisillons des harpies féroces et de les lancer en bas.

Amatseratu commence à attraper les oisillons des harpies féroces.

Il prend le plus beau et le garde pour lui. Il lance le plus vilain par terre.

Lance les plus beaux ! lui disent ses frères.

Amatseratu farfouille davantage dans le nid. Il trouve le plus bel oisillon et le garde pour lui.

Il lance le plus vilain en bas, l'oisillon malade.

Jette les plus beaux ! disent ses frères, mécontents.

Il regarde de nouveau dans le nid, il prend le plus beau et le garde. Il lance le plus vilain, l'oisillon malade.

On t'a dit de lancer les plus beaux, c'est pour ça que tu es monté là-haut !

Attendez, je ne les trouve pas ! feint Amatseratu.

Et il lance les plus vilains.

Allez, lance les plus beaux !

Et il lance les plus vilains.

Les Amariatanas se mettent vraiment en colère. Ils tirent la corde de boyaux de porc et laissent Amatseratu au sommet de l'arbre.

Ils partent avec la femme, en se moquant de celui qu'ils nomment leur plus jeune frère.

Tout en haut de l'arbre, Amatseratu les appelle.

Oh hé, je veux descendre, attendez, j'ai trouvé les plus beaux oisillons, attendez, je descends, je descends, je vais lancer les plus beaux oisillons !

Mais ses frères sont déjà loin, ils s'en vont en chantant avec la femme.

– Il se retrouve donc bloqué là-haut ? je demande, quelque peu perplexe.

– Oui. C'est lui qui a fait cette bêtise, qui a recréé les êtres en chair. Et le voilà qui se comporte mal à nouveau, le gêneur. Alors ses frères l'abandonnent là-haut, explique Tarotaro, et il reprend l'histoire, que je traduis en griffonnant dans mon carnet.

Amatseratu crie, désespéré, mais il est trop tard, il est bloqué au sommet de l'arbre.

La nuit tombe et il est coincé en haut de l'arbre.

Sans rien à manger ni à boire, juste accroché à la branche de l'arbre.

Le jour, le soleil brûlant fait fondre ses cheveux, il a soif, il boit son urine.

La grande harpie féroce arrive et demande où sont ses petits laiderons.

Amatseratu lui tend les plus beaux oisillons qu'il avait cachés.

La harpie féroce trouve ses petits laiderons par terre, tout en bas, piétinés et écrasés par les quatre frères.

La harpie féroce se met à becqueter la tête d'Amatseratu, qui se retrouve sans cheveux ni crâne, le cerveau à l'air.

La harpie féroce s'en va et laisse Amatseratu en haut de l'arbre, le cerveau à découvert.

Il se couvre la tête avec une feuille pour que son cerveau ne grille pas au soleil.

Une autre bête arrive et dit qu'elle veut dévorer le cerveau d'Amatseratu.

Amatseratu laisse la bête lui dévorer le cerveau, puis en fait pousser un autre à la place.

Une autre bête arrive et veut dévorer tout le corps d'Amatseratu.

Il lui raconte son histoire, il raconte qu'il s'est retrouvé abandonné par ses frères, sans femme, sans rien à manger ni à boire. La bête s'en va.

Arrivent enfin les larves, qui vivent dans un tronc pourri de l'arbre.

Qu'est-ce que tu fais là ? lui demandent-elles.

Mes frères m'ont laissé là, sans rien à manger ni à boire et sans femme, explique-t-il.

Amatseratu veut une femme et il demande si les larves n'ont pas de jeune fille.

Amatseratu-larve entre dans la maison des larves et vit auprès d'elles.

Pendant un certain temps, il vit avec une femme-larve et il a des enfants-larves.

Les larves entrent dans le stade nymphal.

Amatseratu embrasse cet état, il dort dans une poche de fins fils blancs qui enveloppent son corps.

Pendant son sommeil, Amatseratu se souvient de ses frères, la femme lui manque et il commence à nourrir un puissant désir de vengeance.

Lorsque les chrysalides commencent à sortir de leur maison, elles ont déjà une apparence d'insectes, mais Amatseratu n'a pas changé.

Amatseratu vole avec les insectes et atteint le premier ciel, où vit le maître des insectes.

Tu es arrivé, dit le maître.

Oui, je suis arrivé.

Qu'est-ce que tu fais ici ?

Mes frères m'ont abandonné au sommet de l'arbre, sans rien à manger ni à boire et sans femme. Ils sont partis et m'ont abandonné en haut de l'arbre.

Ceux qui disent être tes frères ne sont pas tes frères, c'est nous qui sommes tes véritables frères. Viens là ! dit le maître des insectes.

– Dis, tu serais pas en train de dormir ? Réveille-toi ! plaisante Tarotaro.

– Non, je suis concentré, je vous écoute.

– Faut que t'écoutes Amatseratu maintenant que tu sais qui c'est. Tu le connaissais déjà, pas vrai ?

– Non, j'avais juste entendu des bribes de l'histoire.

– Mais tu l'as pas vu là-bas, là où tu vas te promener ? Il y était.

– Je ne l'ai pas vu, ou du moins si je l'ai vu, je n'ai pas compris que c'était lui. Pourquoi ? Il marche dans les villes, dans les rues goudronnées des villes ?

– Amatseratu est comme ça, c'est un marcheur. Et c'est lui qui a créé les villes, c'est lui qui a créé tout ce qui est lié à la technologie.

– Tout ce qui est lié à la technologie ?

– Oui, c'est lui qui a créé les horloges, les ordinateurs.

Je lave la casserole et prépare un autre café. J'en profite pour ouvrir l'un de mes derniers paquets de biscuits. Je les dispose sur une assiette en plastique pour les partager avec Tarotaro, qui me remercie. Un sandwich à la mortadelle aurait été mieux, je songe tout haut. Tarotaro veut savoir ce qu'est la mortadelle. Je lui explique que c'est une espèce de viande d'origine douteuse, sans doute un mélange de toutes les viandes qui existent. Il me répond que c'est exactement ça, qu'il s'agit d'une invention d'Amatseratu, qu'il en a déjà entendu parler de la bouche des Éperviers. Ces derniers auraient leur propre mortadelle, qui est différente, supérieure. J'aime cette idée de mortadelle supérieure des Éperviers… Je sens que je disperse un peu trop le vieux *pajé*, qu'il vaut mieux reprendre d'une façon ou d'une autre le fil, avant que ne survienne un incident quelconque m'empêchant de rassembler l'histoire une fois pour toutes.

– Mais alors que se passe-t-il après ? Il a vécu auprès des larves, puis il s'est envolé une fois qu'elles ont eu des ailes ? Et il est arrivé là où vit le maître des insectes ?

– Exactement, c'est ça qui s'est passé, faut reprendre le chemin qu'il a parcouru, le grand gâcheur, le fou, Amatseratu.

Tarotaro en profite pour priser un peu plus de *rapé* et s'installe à son aise dans le hamac. Il se balance légèrement, regarde en l'air. Il ferme les yeux. Pendant un moment, je crains qu'il ne s'endorme sans terminer son récit. Si c'était le cas, ce serait fichu, me dis-je. Il est rigoureusement interdit, sous la moindre circonstance, de réveiller celui qui est Atitanga. Mais Tarotaro ouvre soudain les yeux et reprend, avec ce ton de voix altéré qu'il emploie pour raconter. Je commence à traduire ce que je peux, en laissant de côté, comme d'habitude, plein de détails impossibles à retranscrire. Au bout d'un moment, épuisé, je finis par abandonner la traduction écrite, me fiant à mon seul dictaphone. Tarotaro semble être arrivé au bout de l'histoire et s'endort pour de bon. Je réécouterai l'enregistrement plus tard pour achever la traduction de la dernière partie, là, tout de suite, je n'en suis plus capable.

Je ne dois pas oublier de reprendre précisément au moment où Amatseratu, après avoir fait la connaissance de ses frères-insectes, est ramené sur Terre. Si j'ai bien compris, les frères-insectes lui procurent les moyens de se venger de ses faux frères, ceux qui l'ont abandonné en haut de l'arbre. J'ai cru comprendre à travers le récit du *pajé* qu'ils lui auraient remis une aiguille ou quelque chose dans ce genre. Puis Amatseratu a semble-t-il retrouvé ses faux frères pour recourir à une sorte de ruse. Il fait mine d'enlever un insecte du pied de ses frères, mais en réalité, il les découd un à un, ou disons tous les quatre, puisqu'en réalité ils ne font qu'un. Est-ce donc de cette façon qu'Amatseratu a assouvi son désir de vengeance ? En faisant disparaître les Amariatanas. Mais que serait le monde sans eux ? Existerait-il même une possibilité de monde ? Empêtré dans ces questions et épuisé après avoir écouté cette longue histoire, je m'assoupis à mon tour dans mon hamac.

Nous sommes réveillés par Baitogogo qui fait un raffut de tous les diables en entrant dans mon carbet. Il annonce la fin de la période de l'« allonger ». L'idée de lui demander de revenir plus tard me traverse l'esprit pour me laisser le temps de poser des questions à Tarotaro, mais nous sommes tous tristes, et je remets mes doutes sur la fin de l'histoire à une autre fois. Je me lamente tout seul, peut-être n'arriverai-je pas à l'interroger, peut-être n'y arriverai-je jamais. Amatseratu s'est-il vengé de tout le monde ? Ou ne s'agit-il pas exactement d'une vengeance ? Quel genre de lien entretenait-il avec ses frères aînés ? Il était le gâcheur, le décepteur, mais était-il toujours leur frère ? Baitogogo s'approche et s'assoit à côté de nous. Nous nous serrons dans nos bras, chose rare par ici.

Il commence à parler des préparatifs pour les funérailles, qui doivent avoir lieu dans la nuit. Nous nous rendons tous les trois au centre du village, et Benedito Geriguiguiatugo, légèrement remis de son deuil, se joint à nous. J'aide à retirer le corps du défunt qui repose sur le catafalque et à le transporter jusqu'au terre-plein. À partir de maintenant, j'accompagne les funérailles de loin, tandis que les femmes massent une dernière fois le cadavre. Les hommes rassemblent les feuilles de palmier qui doivent recouvrir le corps du défunt, puis le massent à leur tour en guise d'hommage. Ils entonnent un chant dont je n'avais jamais entendu les paroles auparavant. Je les note dans mon carnet.

Grand épervier
tes os craquent
Grand épervier
tes os grandissent
Grand épervier
tes os portent le monde
Grand épervier
tes os soutiennent le sol

Ils se mettent ensuite à danser, en alternant les chants qui font allusion aux ossements du mort. Ils continuent jusqu'au lendemain matin sans s'arrêter pour manger. Puis ils font une pause et s'allongent un instant, à l'endroit même où ils ont arrêté de danser. À ce moment-là, m'explique de nouveau Tarotaro, le mort plane toujours dans les environs du village. Si les gens s'arrêtent de danser alors que son corps n'a pas fini d'être massé, il risque de se nicher sur leur dos ou de se perdre quelque part. C'est pour ça que tout le monde s'allonge.

Les hommes les plus jeunes allument des torches dans la *maloca*, ils font un feu avec les feuilles de palmier. Ils reprennent leurs gémissements et leurs pleurs compulsifs, ils déchirent à nouveau leurs vêtements et s'arrachent le peu de cheveux qu'il leur reste. Ensuite ils s'enduisent le corps d'une teinture noire, comme s'ils voulaient se cacher du mort et des flammes. Ils terminent les massages en hommage au défunt, qu'ils déposent au milieu du bûcher. Ils attendent que le feu dévore sa chair tout entière.

La fumée noire qui s'échappe attise un profond sentiment de perte dans mes os, comme si eux aussi craquaient au milieu des flammes. Tarotaro et son épouse se reposent dans la *maloca*. Je regagne mon carbet, car la nuit tombe et il faut attendre que les braises refroidissent. Pendant ce temps, les autres s'allongent de nouveau sur le terre-plein, ils demeurent immobiles et murmurent des chants de lamentation. Maintenant que mon père est parti, je pourrai plus voler de pastèques dans son abattis, se plaint l'un de ses enfants. Maintenant que mon mari est parti, je n'ai plus son sexe rien que pour moi, dit sa femme dans son chant. Maintenant que mon père est parti, je pourrai plus manger de poisson grillé avec lui ni apprendre à faire des paniers, ajoute un autre.

Antonio Apiboréu va beaucoup me manquer, à moi aussi.

Au petit matin, les braises ayant refroidi, ils retirent tous ensemble les ossements des cendres. Ils les mettent dans un vieux hamac qu'ils ramènent à l'intérieur de la *maloca*. Tarotaro et son épouse coordonnent la recomposition du squelette, pièce par pièce. Ils replacent toutes les vertèbres à la verticale, en les fixant à l'aide de cordelettes de *tucum*, ils emboîtent et articulent de nouveau tous les os, faisant preuve d'une impressionnante maîtrise de l'anatomie.

Une fois que le squelette est entièrement reconstitué, ils le couchent dans son hamac et peignent dessus des bandes rouges et noires. Ils disposent sur sa tête des plumes de harpies féroces. Puis ils chantent.

Le grand épervier
revient pour nous dire au revoir
il revient pour nous abandonner

Le grand épervier
revient pour nous dire au revoir
il revient pour nous abandonner

Ils placent des petits récipients contenant de l'eau et de la nourriture sous le hamac et cessent de pleurer. La nourriture restera là jusqu'à ce que le mort décide de partir une fois pour toutes, rassasié et convaincu de sa nouvelle condition. En début de matinée, on a presque l'impression que tout est revenu à la normale. J'ai pour ma part des difficultés à regarder le défunt, entièrement remonté, présentant l'aspect solennel d'une divinité rendue visible. Une magnifique divinité-squelette, ornée de plumes et de peintures étincelantes. Les gens s'efforcent d'oublier leur tristesse et retournent vaquer à leurs occupations, même s'ils doivent toujours avancer à quatre pattes pour entrer dans la grande *maloca* du défunt. À l'extérieur, ils peuvent se tenir debout, mais à l'intérieur il est impérieux d'adopter la position à quatre pattes, ne pas s'y plier serait dangereux. Il en sera ainsi les prochains jours, tant que le défunt se trouve encore dans les parages. On ne prononce plus son nom, on dit simplement « épervier » ou « notre parent ».

Tarotaro explique qu'il est installé dans cette position pour porter le monde. Les squelettes des morts importants portent le monde avec leur esprit lorsqu'ils sont peints et allongés dans la *maloca*.

En fin d'après-midi, des missionnaires en visite au village débarquent en pirogue. Ce sont des fondamentalistes nord-américains, appartenant à une institution puissante qui sème ses émissaires à travers le monde entier. Certains disent que ce sont des espions travaillant pour les intérêts commerciaux des gringos, ce qui ne semble pas complètement improbable. Ils possèdent depuis les années 1940 au moins un poste de l'autre côté du fleuve, dans le village des Orotudos. Ils se sont posés sur la dangereuse piste d'atterrissage qui subsiste en amont du fleuve et sont descendus en pirogue pour présenter leurs condoléances aux parents d'Apiboréu. Le défunt était respecté de tous dans la région, c'était vraiment un grand homme, digne de la plus haute estime.

Personne ne semble réagir à la présence des Américains, tandis qu'ils gravissent la falaise. Arrivés sur le terre-plein, ils me voient près de la *maloca* et me considèrent avec pitié, comme si j'étais condamné ou perdu. Aux yeux des missionnaires, je dois davantage détonner qu'une nonne dans une fête satanique. Pourtant, malgré cette apparente mélancolie, je suis enfin parvenu à entendre jusqu'au bout la fameuse histoire. Et la mort d'Apiboréu a montré que d'une certaine façon je n'aurai plus besoin de venir séjourner ici comme je l'ai fait toutes ces années.

J'échange quelques mots en anglais avec eux, je demande des nouvelles de la guerre au Moyen-Orient et du chaos à New York, mais ils ne me livrent aucune information, ils ne connaissent rien d'autre que la parole et les actes du Seigneur. On dirait des extraterrestres tout droit sortis d'un ranch de l'Idaho, avec leurs chaussettes remontées jusqu'aux genoux, leurs shorts kaki et leurs chemises.

Ils se dirigent vers la porte de la *maloca* et essaient de parler la langue locale avec les enfants du défunt, qui leur adressent quelques mots rapides avant de se diriger vers leurs parcelles ou de vaquer à leurs occupations. Ils ne montrent aucun intérêt à accompagner les missionnaires. La *maloca* se retrouve vide, il n'y a personne et les gringos entrent seuls, sans marcher à quatre pattes. Ils reculent aussitôt, terrifiés par le squelette gisant dans le hamac. J'assiste à la scène de loin. Ils décident alors de me rendre visite et je leur propose d'entrer dans mon carbet.

– Comment allez-vous ? me demandent-ils.

– Je vais bien, merci.

La femme du missionnaire-chef m'offre un morceau de pain enveloppé dans un torchon. Je suis à deux doigts de remettre mon âme en sacrifice au Seigneur pour ce présent, pour cet arôme que je n'ai pas humé depuis des mois. Je ne me maîtrise pas et dévore une première bouchée.

– Vous n'avez pas l'air d'aller très bien, dit la missionnaire.

– Vous semblez désemparé, perdu, vous êtes tout maigre, dit le missionnaire.

– Hmhum, dis-je tandis que j'engloutis le pain, je vais bien, merci.

– Les voies du Seigneur sont étroites, heureux celui qui les parcourt, insiste la missionnaire.

– La parole du Seigneur apaise les cœurs angoissés, ajoute son mari.

– Oui, bien sûr, je réponds avec une pointe d'impatience.

– Vous faites du bon travail par ici, mais vous ne devriez pas les laisser continuer leurs pratiques diaboliques. Quel est cet horrible corps au milieu de la *maloca* ? demande la missionnaire.

– C'est leur problème.

– C’est le problème des enfants du Seigneur. Missionnaire Jonathan, je vous prie, apportez-moi la Bible.

Le missionnaire ouvre une page du Nouveau Testament et récite quelques versets. Baitogogo et Geriguiguiatugo entrent dans mon carbet et écoutent la conversation.

– Mon fils, pourquoi ne vous tournez-vous pas vers les chemins du Seigneur ?

– J’y suis déjà…, dis-je

– Oui, mais vous devez les parcourir avec le cœur. Seul le cœur, et non la raison, conduit au Seigneur.

– Oui, bon, merci du conseil, mais j’ai du travail. Et merci pour le pain. Vous avez besoin d’autre chose ?

– Nous avons besoin de votre âme, de votre sincérité.

– Vous pouvez compter sur ma sincérité.

– Bien, nous espérons vous trouver en meilleure forme la prochaine fois. Je vous en prie, n’hésitez pas à venir nous voir quand vous serez en ville, nous aimcrions éclairer votre chemin.

Lc missionnaire Jonathan, les pommettes rouges et une timidité d’éternel puceau effarouché, regarde Baitogogo et Geriguiguiatugo avec effroi. Le fils de celle qu’on dit être ma mère, c’est-à-dire mon frère, qui s’est limé les dents, entre à son tour. Il sourit et le missionnaire Jonathan est encore plus effrayé. Les trois évangélistes se sauvent de mon carbet ; je reste seul avec les Indiens.

Les missionnaires se dirigent vers le sentier qui descend au fleuve. Passant devant la *maloca* du défunt, ils hésitent puis se décident finalement à y entrer de nouveau. Soudain, nous voyons le couple déguerpir en courant, affolé. Des cris caverneux s’échappent de la *maloca*. Les deux missionnaires plus âgés dévalent désespérément l'escalier. Le sang de Jésus est puissant ! Le sang de Jésus est puissant ! hurlent-ils, hystériques. Ils sautent dans la pirogue, démarrent le moteur et partent à corps perdu sur la rivière, laissant le jeune missionnaire Jonathan effrayé au village.

Nous nous précipitons tous les quatre pour voir ce qui s'est passé ; dans la *maloca* sombre, nous trébuchons sur des marmites et des chiens. Le missionnaire Jonathan est allongé par terre, non loin du squelette. Pris de convulsions, il tremble, de la bave blanche lui sort de la bouche, il a les yeux révulsés, les dents serrées. Apportez-moi vite un bout de tissu, dis-je, et ils s'exécutent. Je l'enroule autour de ma main et j'essaie de forcer la bouche du missionnaire. Je mets le tissu entre ses dents pour qu'il le morde, et éviter ainsi qu'il ne se morde la langue. D'après moi, il s'agit de toute évidence d'une crise d'épilepsie, mais pour les autres missionnaires, c'est certainement le Prince des Ténèbres qui s'empare d'un nouveau déchu. Pour mes parents d'ici, c'est plutôt une manifestation d'Atitanga ou un phénomène que seul Tarotaro saura expliquer. Je tiens la tête du missionnaire Jonathan afin qu'elle n'aille pas se fracasser violemment contre le sol. Un peu de sang coule à présent sur mes mains.

Baitogogo et Geriguiguiatugo me regardent interdits tandis que d'autres personnes, attirées par le grabuge, pénètrent les unes après les autres dans la *maloca*. Je demande à Geriguiguiatugo d'aller chercher le matériel de suture. Il se dirige lentement vers la pharmacie et rapporte ce que j'ai sollicité. Peu à peu, le missionnaire Jonathan reprend ses esprits, sa crise se termine. Alors qu'il n'est pas encore tout à fait remis, il balbutie déjà quelques mots.

– Ne dormez pas, il est important que vous restiez éveillé. Vous avez fait une crise d'épilepsie et vous vous êtes blessé à la tête. Je vais vous soigner, dis-je.

– Grâce à Dieu, mon frère, répond-il.

Je le retourne et soigne sa blessure. Il s'est fait une profonde entaille, mais je ne prends pas le risque de le recoudre, Geriguiguiatugo non plus, je me contente d'un faux point de suture. Le missionnaire Jonathan retrouve alors ses esprits et sa raison. Il est de nouveau terrifié.

– Qu'est-ce que je fais ici ? Quel est cet endroit ? Qui êtes-vous ? Où sont Thomas et Barbara ? demande-t-il anxieux.

– Ils sont partis, ils ont eu peur et ils vous ont laissé ici, je réponds.

– Que vais-je devenir à présent ? Mon Dieu, je t'en prie, ne m'abandonne pas, s'il vous plaît, ne me dévorez pas.

– Du calme, personne n'est cannibale ici..., je le rassure.

– Amatseratu est cannibale, dit Baitogogo avec une touche d'ingénuité.

– Bon, mais il n'est pas ici, je rétorque.

– Si, il est ici, répond Baitogogo sans préciser où.

– Ah, mon Dieu, que vais-je devenir ? Pourquoi m'as-tu abandonné ? se lamente le missionnaire.

Jonathan essaie de fuir en courant dans le sous-bois, il appelle en hurlant Thomas et Barbara, il appelle en hurlant Dieu, il se lacère les vêtements et le corps dans les premières broussailles où il se fourre, à peine sorti de la *maloca*. Il se retrouve coincé dans un lacis de ronces et trébuche non loin de là. Nous tentons de le rattraper et de le ramener au village, nous essayons de le calmer et de l'assurer que tout va bien, mais il résiste violemment, il veut s'échapper, ses pommettes sont passées du rouge au violet ; je lui fais un croche-patte et nous lui tenons les pieds et les mains ; ce type va-t-il enfin arrêter de nous emmerder, me dis-je. Il se débat, se contorsionne, mais nous sommes plus forts et le ramenons au village. Il crie au secours, ils vont me dévorer. Dieu, pourquoi m'as-tu abandonné ? Nous installons le missionnaire Jonathan dans un carbet vide, nous verrouillons la porte et le laissons là en attendant qu'il se calme.

Départ

Une semaine s'est écoulée depuis que les missionnaires sont passés et que le squelette du défunt a été orné dans la *maloca*. Le missionnaire Jonathan s'est apaisé, mais, craignant les prétendus cannibales, il tient à se claquemurer dans son carbet en attendant qu'on vienne le secourir. Ces jours-ci, je reste seul chez moi à lire des livres et à revoir la traduction de l'histoire de l'attrapeur d'oiseaux. Tarotaro est reparti dans son village, mais il doit revenir demain pour la dernière étape des funérailles.

Je sens la fièvre monter, je me prélève du sang mais ne trouve pas d'autre signe indiquant une crise de paludisme. Mal en point, je m'assoupis, tandis que le missionnaire Jonathan chante des psaumes dans son coin. D'une certaine manière, sa présence ici me soulage, me libère de ces conversations intérieures qui m'ont assailli dernièrement. Tourmenté par ses vrais démons, le missionnaire me sert de contrepoint à moi-même. Celle qu'on dit être ma mère vient me rendre visite avec mon frère aux dents limées, elle s'enquiert de mon état : je dis que je vais mieux, elle me donne une grappe de bananes-pommes et réclame un peu de sucre.

Baitogogo accompagné de son épouse et d'Ina arrivent ensuite. Ils reviennent de leur abattis où ils ont travaillé toute la journée et me demandent du café. Le corps de la femme est baigné de sueur et sa belle poitrine est de nouveau à découvert, pour mon tourment. Je n'arrive pas à détourner le regard, ça m'est impossible. Naturellement Baitogogo s'en aperçoit, encore qu'il fasse mine du contraire. Ina vient me percer les points noirs et les boutons du front. Elle rit et ils quittent tous les trois mon carbet en emportant quelques paquets de biscuits.

Le lendemain, Tarotaro revient coiffé de sa casquette Bradesco, reconnaissable entre toutes. Au déjeuner, nous mangeons de la viande de tatou rôtie. Nous ne faisons rien de l'après-midi, enfin, moi je vais laver la vaisselle et du linge dans la rivière, je cuisine des haricots et lis quelques pages d'Hérodote, mais eux, ils restent dehors à parler de choses agréables.

Au début de la soirée, sur le terre-plein du village, Tarotaro devient Atitanga, et Tarotaroati, juchée sur son dos, transmet le message des Éperviers. Ils accompagnent le départ du grand esprit, l'aident à traverser la rivière souterraine.

Continue tout droit, ne t'arrête pas sur le port du singe de nuit, continue tout droit.

Continue tout droit, ne t'arrête pas dans le carbet de celles qui n'ont pas de nom, continue tout droit.

Continue tout droit, ne reste pas accroché à la branche d'un arbre à la recherche de goyaves, continue tout droit.

Continue tout droit, ne mets pas les mains dans le vagin des femmes mortes, continue tout droit.

Continue tout droit, ne pense pas à tes parents, n'écoute pas leurs paroles, continue tout droit.

Continue tout droit, continue tout droit.

Tarotaroati explique que le défunt a maintenant traversé la rivière avec succès et qu'il se trouve à la racine du ciel, prêt à monter dans le ciel blanc des oisillons, situé plus haut. De là, il devra rejoindre la canopée jusqu'à ce qu'il trouve sa maison, où il demeurera. Il est rigoureusement interdit de prononcer son nom, insiste-t-elle, et plus encore d'avoir des pensées du genre : s'il était vivant, il boirait du café avec des biscuits ; s'il était par ici, il se baignerait dans le ruisseau ; s'il était vivant, il écouterait les conversations de la radio, etc. C'est fini. Il n'est plus rien. Il s'en est allé.

Tarotaro cesse d'être Atitanga. Ils dénouent à présent les nœuds du hamac où se trouve le squelette, qu'ils démontent de nouveau, et déposent les os dans un grand panier. Ils le portent au milieu de l'abattis du défunt, creusent un trou et le laissent sur place, sans le recouvrir de terre. Tarotaro explique que les parents du mort doivent venir chercher les os, qui leur appartiennent. Au cours des prochains jours, des bêtes s'approcheront du panier pour emporter son contenu. Elles agissent de la sorte parce qu'elles reconnaissent le défunt comme un parent, elles veulent prendre soin de sa dépouille. C'est le sort de tout un chacun. Ou du moins de ceux qui ont un grand esprit, à l'instar du défunt. C'est le sort de ceux qui ne sont pas uniquement un corps, de ceux qui s'étendent derrière leur propre corps, qui vivent par-delà le visible.

Nous retournons au village et laissons la nuit tomber. Nous dormons tous ensemble dans la *maloca*. Baitogogo reste près de moi, sa femme aussi, dans un autre hamac. De l'autre côté se trouve Geriguiguiatugo. Tarotaro incarne Atitanga toute la nuit et son épouse raconte ce qui se passe dans l'abattis. Un jaguar blanc emporte un fémur. Un jaguar roux emporte l'autre. Une harpie féroce emporte le crâne. Des écureuils emportent les os des mains et des pieds, les tarses et les métatarses, les carpes et les métacarpes. Des tatous emportent les os des côtes, des anacondas avalent les vertèbres. Et ainsi de suite, jusqu'à ce qu'il ne reste plus rien. La pleine lune illumine enfin le panier vide : plus rien ne subsiste.

Le lendemain, nous prenons tous place sur les bancs installés en triangle pour boire du *wãchi*. Il faut décider de l'avenir du village et de la *maloca*. Ils pensent tout brûler et changer de territoire, trouver une nouvelle falaise, de nouvelles terres à cultiver, afin d'éviter que le mort ne s'enroule autour de leurs chevilles pendant la nuit. Tarotaro explique que ce n'est pas nécessaire, puisque le défunt est bel et bien parti et qu'il n'y a plus aucune trace de sa présence dans les environs : il vit avec ses autres parents désormais.

Malgré la décision prise au cours de cette réunion houleuse, Baitogogo ne se sent toujours pas pleinement habilité à combler le vide laissé par le défunt. Pourtant nul autre n'est en mesure de garantir une bonne connexion avec les éperviers, par l'entremise d'Atitanga. Il me regarde et commence à parler, devant Tarotaro, sa femme et tous ceux qui sont là.

– C'est maintenant toi notre gouvernement, notre président, c'est toi qui vas prendre soin de nous, oui toi, lance-t-il en s'adressant directement à moi.

– Je ne peux pas, je vais sûrement repartir chez moi dans quelques semaines. Et il a déjà été décidé que c'était toi, Baitogogo.

– Tu veux donc pas prendre soin de nous, t'es pas notre parent ? insiste-t-il.

– Ce n'est pas exactement ça… J'aime beaucoup cet endroit, mais j'ai besoin de voir ma famille, mes sœurs, mes frères.

– Ce serait bien que tu ramènes tes sœurs, t'en as trois ! Prends ma fille et ramène-les par ici ! dit mon frère, déçu par ma réponse négative.

– C'est quelque chose que je ne peux tout simplement pas faire, vous comprenez ?

Ils n'ont pas vraiment l'air de comprendre et parlent entre eux, trop vite pour que je parvienne à saisir précisément de quoi il retourne. Tarotaroati me regarde fixement, en silence, comme la fois où elle a dormi dans mon carbet. Je commence à ressentir un étrange trouble, un serrement à l'estomac. Ils parlementent entre eux ; non sans difficulté, je comprends que Baitogogo devra bel et bien remplacer le défunt, même s'il ne s'estime pas prêt et qu'il rejette cette responsabilité. Voulant résoudre un conflit qui ne me concerne pas, j'insiste sur le fait que l'idée me paraît très bonne. Il me jette un regard plein de colère. Pour la première fois depuis toutes ces années, il m'enjoint de me taire. Je ressens une gêne et pense alors au vieil homme décédé.

– Apiboréu ne m'aurait jamais ordonné de me taire, je déclare avec une certaine rudesse.

Soudain, ils ont tous l'air furieux contre moi.

– T'as pas le droit prononcer son nom ! C'est dangereux ! Tu sais bien que t'as plus le droit de prononcer son nom !

Aussitôt tout le monde se couche, y compris Tarotaro, qui me tire par le bras et m'oblige à m'allonger à mon tour. J'éprouve un sentiment de malaise, j'ai honte de ma négligence, de mon ingénuité. Mais en fin de compte qu'ai-je fait de mal ? Malgré notre lien affectif, malgré les relations construites au fil du temps, malgré tout ce que j'ai vécu ici, nos attentes restent vraiment différentes et n'ont pas réussi à concorder.

– Je suis désolé, je répète, le visage écrasé contre le sol, j'ai prononcé son nom sans le vouloir !

– Maintenant que tu l'as dit, on doit rester allongés jusqu'à l'aube, râle quelqu'un.

– Maintenant c'est beaucoup plus dangereux !

– Silence !

Nous restons donc dans cette position toute la nuit, affamés et assoiffés. Le jour peine à se lever. Au cours de mes rares moments de somnolence, les rêves décousus de nids d'oiseaux et de canopées reviennent. La canopée dissimule un ciel rougeâtre. Enfin, la lumière du soleil commence à poindre. Peu à peu, tout le monde se lève et la discussion reprend. Quelqu'un apporte la côte d'un tapir chassé la veille et nous mangeons de la côte de tapir. Baitogogo ne m'adresse plus la parole. Comment ai-je pu être aussi idiot et déclarer une chose pareille ? Mais eux non plus, ils n'ont pas à me mettre une telle pression.

Quand va passer la prochaine patrouille ? Il faut que je m'en aille d'ici au plus vite. Moi qui suis parvenu si loin, maintenant je veux partir ? Au moment où ils ont le plus besoin de moi ? Quelle prétention, vouloir vivre une autre vie, comme si je n'avais pas assez de la mienne. Et à quel prix ? Apiboréu était vraiment la meilleure âme parmi toutes celles que j'ai connues. Lui, oui, il aurait été capable de les guider vers une autre condition possible ; il aurait probablement su comment les sauver de ce cataclysme dont les Éperviers parlent tant. Mais pas moi ni même Baitogogo. Nous, nous ne sommes que des gens ordinaires.

Je sors un moment de la *maloca* pour respirer ; hommes et femmes restent à l'intérieur, à discuter de l'avenir. Je me demande de quoi sera fait cet avenir maintenant que l'équilibre s'est rompu. Il vaudrait peut-être mieux que je parte tout seul sur-le-champ, même à la rame, même si je dois pagayer pendant un mois, ou alors remonter le fleuve et m'installer dans la *maloca* de Tarotaro jusqu'à ce que la situation s'apaise. Mais c'est impossible, jamais ils ne me laisseront y aller. Pas plus qu'ils ne me conduiront en ville dans leurs pirogues, avec leurs moteurs, du moins pas après ce qui s'est passé hier. Je réfléchis à des stratégies, à la meilleure façon de voler une pirogue pour descendre seul en flottant, mais comment supporterais-je la faim, quelles provisions emporterais-je ?

Je rejoins mon antre, abattu, et m'assoupis un instant. Je vois le village du Grand Tournant pris d'assaut par des touristes et des étals de maïs vert. Les gens passent devant avec indifférence. Ma maison est envahie par des petits bourgeois de la ville jusqu'à une heure avancée de la nuit ;

elle est toute cimentée et exhibe de puissants téléviseurs ultra HD. C'est ce que le fleuve là-haut est devenu, me dis-je dans mon rêve. Feu Antonio Apiboréu marche de long en large et m'ignore royalement lorsque je tente de le saluer. Mon frère aux dents limées passe devant moi en riant. Il grimpe ensuite sur un grand arbre à l'arrière d'un pick-up. Derrière mon carbet, je vois un hôtel équipé de fenêtres aux vitres blindées et de la climatisation.

La fièvre me réveille, il fait déjà nuit. Je me lève en hâte et rejoins tout le monde pour savoir ce qui a été décidé. La conversation se poursuit et Baitogogo semble nerveux. Tarotaro me dit qu'il devra remplacer le défunt, même si c'est à contrecœur. Je m'assois dans un hamac au fond de la *maloca*, à côté de la femme de Baitogogo, mais il me fusille du regard et ordonne à sa femme de partir sur-le-champ. Je me sens mal à l'aise et vais m'asseoir sur un des bancs installés en triangle. Celui qu'on dit être mon frère me dévisage et me sourit d'un air étrange, comme s'il résumait mes rêves confus et perturbants.

La discussion se termine et les hommes se lèvent, il semble que la situation soit réglée. Baitogogo déplace son hamac à l'endroit où se trouvait celui du défunt. Il ne reste plus qu'à effectuer les démarches pour qu'il devienne effectivement son remplaçant. Ils discutent et prennent rapidement une décision, sans que je comprenne laquelle. Je sors pour me baigner dans la rivière et Tarotaro m'accompagne.

– Faut pas que tu t'emportes contre eux. Ils sont comme ça, tu sais bien, me console-t-il.

– Je sais, mais parfois, on dirait que j'oublie.

– Tu sais beaucoup de choses, tu sais que plus tard quelqu'un va venir, celui qui connaît les Éperviers va venir, l'arrangeur. Parce que moi je suis un simple pick-up, je suis un engin sur lequel monte l'Épervier. Sans celui qui donne la direction, ça devient très dangereux.

– Je l'espère, Tarotaro. Je pense que vous avez raison.

– Baitogogo est comme ça, il est pas très gentil, mais il va aider. Il est en colère, mais il t'aime bien, c'est ton frère aîné.

– Oui, c'est vrai.

– Tu vas revenir… Tu vas partir, mais ensuite tu vas revenir prendre soin de nous, pas vrai ? Tu peux pas toujours rester loin.

– Je ne sais pas, Tarotaro… Je ne sais plus.

– Y a ce que tu sais et y a ce que tu sais pas, pas vrai ? L'histoire des oiseaux.

– Quelle histoire des oiseaux ?

– Je peux pas croire que tu saches pas ! Ce qu'il faut attraper.

– Qu'est-ce qu'il faut attraper ?

Tarotaro sourit et plonge dans la rivière, coupant court à la conversation sans que je comprenne vraiment ce qu'il a voulu dire. D'un côté, je suis soulagé et pense même prolonger mon séjour ici ; une fois n'est pas coutume, il est bien possible que j'aie un peu exagéré. Mais qu'est-ce que c'est que cette histoire de *revenir plus tard* ? Et de ne pas tout savoir, et ces oiseaux et ce qu'il faut attraper ? Y aurait-il une partie du récit que je n'ai pas saisie, pas notée ? Il faut que je comprenne, je vais déchiffrer ça et alors, oui, je pourrai descendre en ville, une fois que la situation se sera tassée.

Au milieu de cette confusion générale, l'hiver semble arriver d'un coup par les sources du fleuve. Les eaux descendent à leur niveau le plus bas, isolant encore davantage les villages. On peut voir des branchages entiers hors de l'eau, les plages de plus en plus grandes dévoilent leur sable clair, sur lequel, l'après-midi, des nuées de papillons dansent des ballets. La chaleur se dissipe un peu, les nuits sont plus fraîches, il ferait presque froid. Malgré cela, je suis affaibli par une fièvre intermittente, je me sens surtout profondément seul. Quelque chose semble avoir changé dans le for intérieur des gens qui m'entourent, comme si la douceur d'autrefois avait cédé la place à l'indifférence. La denture limée de celui qu'on dit être mon frère l'illustre bien. Ou sont-ils simplement trop habitués à moi ? Ou déçus par ma conduite ? Ou serait-ce encore mon cerveau qui tourne en roue libre, tandis que le missionnaire Jonathan passe toujours ses nuits à chanter des psaumes mélancoliques sans que personne ne vienne le secourir ? Je lui ai proposé de s'installer chez moi pour avoir un peu de compagnie, mais je suis à ses yeux habité par le diable, il a refusé ma présence même lointaine et il a insisté pour que seuls les enfants lui apportent à manger. Qu'il moisisse ici alors, ai-je pensé.

Pasho le nain ne vient plus me rendre visite, bien qu'il continue à se baigner avec moi et à me raconter ses rêves qui, du reste, sont ces derniers temps plus étranges et plus sombres que d'habitude. Ainsi, ce matin, il me parle d'Amatseratu, des Amariatanas et de l'attrapeur d'oiseaux avec une certaine crainte dans les yeux, alors qu'il ne peut connaître le mythe en détail. Il a l'air effrayé et quitte prestement le bord de la rivière, comme s'il me fuyait.

À la pharmacie, j'essaie d'entrer en contact avec le poste du gouvernement, mais la radio a définitivement cessé de fonctionner. La batterie est déchargée et nous n'en avons pas d'autres en réserve. Nous sommes donc privés de communication jusqu'à la venue de la prochaine patrouille. Au cours de cette nuit et des suivantes, Tarotaro redevient Atitanga dans la *maloca*. Il parle de nouveau de la fin du monde. Boules de feu, océans en flammes. Je suis las de cette histoire. Il vaudrait peut-être mieux que le monde s'achève, en effet. Après tout, qu'est-ce que ça changerait ?

Il ne reste presque plus rien de mes réserves de vivres, à peine quelques boîtes de saucisses et de préparations à la viande, celles que je laisse toujours pour la fin, un sac à moitié vide de haricots infestés de vers, ainsi qu'un sac de riz. Les livres que j'ai apportés, je les ai déjà tous lus ; l'histoire de l'attrapeur d'oiseaux est presque entièrement traduite ; je suis toujours intrigué par la fin qui me fait défaut, mais je ne parviens pas à convaincre Tarotaro de me la raconter ou de dissiper mes doutes. De toute façon, les éléments dont je dispose sont largement suffisants pour terminer mon travail et présenter à tous mes collègues du labo ce qu'ils doivent savoir.

Les gens d'ici semblent plongés dans une espèce de léthargie morose, ils se déplacent tels des automates. Ils ne manifestent aucune envie de discuter, pas plus qu'ils ne font preuve de la moindre amabilité, que ce soit entre eux ou avec moi. Ils se baignent en silence dans la rivière, se déplacent de manière mécanique. La tête baissée, le regard désabusé. Les femmes montrent des signes d'agacement, Ina ne me perce plus les points noirs et les boutons, sa mère couvre sa belle poitrine avec un soutien-gorge crasseux.

Je repense au Français, à cette histoire de mythes qui se transforment les uns les autres et à ce qui, à mes yeux, demeurait inexpliqué, le pli en dehors des récits, un endroit au-delà des mots. Au bout du compte, qu'ai-je compris ? Peu de chose ou presque rien. J'imagine ce qu'on pourrait écrire à partir de tout ce matériel, et rien ne m'intéresse. Presque plus rien, si ce n'est un doute fondamental qui plane toujours depuis ma dernière conversation avec Tarotaro. Je m'endors plus tôt, je me recroqueville dans mon hamac, pour voir si le temps passe ainsi plus vite. Ces jours-ci, on ne m'appelle pas pour manger dans la *maloca*, pas plus que je ne cuisine pour manger avec les autres. Je me nourris de bananes à moitié pourries restées accrochées dans mon carbet et, de temps en temps, de morceaux de viande. Ça me suffit.

Un jour, une patrouille remontant la rivière fait halte sur la plage. Je dévale la falaise en courant et leur demande s'ils peuvent m'emmener, mais le chef de l'équipe, un rustre, refuse catégoriquement, car leur hors-bord est déjà plein et que je n'appartiens pas à leur institution. Certes, mais j'appartiens au laboratoire de recherche qui a des accords avec le gouvernement, je réponds. C'est votre problème, pas le mien, réplique-t-il. Pas la peine de me parler sur ce ton, vous pourriez juste m'aider, je n'ai presque plus rien à manger et j'ai de la fièvre depuis un moment, il faut que je redescende, j'insiste. Essayez d'appeler un autre bateau par radio, je vous répète que c'est pas mes oignons. Si vous n'avez pas apporté assez de nourriture, qu'est-ce que j'y peux, moi ? J'insiste : la radio est en panne et je ne vais pas pouvoir appeler un autre bateau de sitôt. Prenez au moins le missionnaire. Ha ha ha, le missionnaire, gronde le chef. Qu'il moisisse ici avec vous…

Le hors-bord part en faisant rugir son puissant moteur tandis que je reste sur la plage, à regarder le vide, tout asséché de l'intérieur. Je remonte la falaise et entre dans la *maloca* pour voir s'il se passe quelque chose, mais rien. Personne. Mis à part quelques enfants qui jouent, et Pasho le nain qui dort dans son hamac. Je sais qu'ils sont tous partis en expédition de chasse et qu'ils ne vont pas rentrer de sitôt.

Ascension

Au lever du jour, les hommes reviennent tout excités de la chasse, chargés d'une dizaine de pécaris, de hoccos et d'un tatou. Au moins maintenant il y aura de la bonne nourriture, de vrais repas qui remontent toujours le moral. Nous dévorons des assiettes et des assiettes de viande ; j'engloutis un cuissot à la sauce au poivre. Ils me remercient pour les cartouches qui, après tout, ont contribué à une telle abondance. L'humeur générale, cependant, n'a pas beaucoup changé depuis ces derniers jours. Ils sont tous passablement silencieux, sombres, sourire absent. Le départ du défunt a bel et bien perturbé l'équilibre. Il faudra encore pas mal de temps pour que la vie trouve un nouveau flux, me dis-je, si tant est qu'elle parvienne à en trouver un qui soit bon.

Il se met à tomber non pas un crachin ordinaire mais des trombes de pluie, le terre-plein se transforme aussitôt en véritable bourbier. Je me suis allongé un moment dans l'un des hamacs de la *maloca*. Bien que toujours froid avec moi, Baitogogo a au moins cessé d'être agressif. Le soir, nous buvons du *wãchi*, mais personne ne se montre très bavard. Profond est le vide laissé par Apiboréu, qui animait toujours nos réflexions nocturnes. Tarotaro devient Atitanga, qui serine ses prédictions apocalyptiques.

Je vais de nouveau me coucher plus tôt, après avoir traversé la boue et écouté les suppliques mélancoliques du missionnaire Jonathan. Je passe la nuit à essayer de tuer les chauves-souris qui s'installent dans mon carbet, avant que leurs chiures nocives ne me tombent dessus et que je n'attrape une toxoplasmose. Je passe aussi la nuit à essayer de viser les rats qui se faufilent par les solives de la toiture. Je ne veux pas qu'ils me rongent les orteils qui dépassent du hamac.

Le lendemain matin, Baitogogo se présente de bonne heure pour boire un café. Étrange, cela faisait longtemps qu'il ne m'avait plus rendu visite. Il me demande du café, mais je lui dis que je n'en ai plus, que malheureusement ma réserve est épuisée. Il retire un peu de poudre de la poche de son bermuda et me la tend pour que je la filtre. Voilà des jours que j'en rêve. Je prépare le café que nous buvons tous les deux, avec un peu de sucre resté au fond du sac, en trop faible quantité pour faire son effet.

Il me dit que dorénavant il sera bel et bien le remplaçant, qu'il est enfin le nouveau maître des lieux. Il ne reste plus qu'à effectuer les dernières démarches pour consolider l'affaire, et ce sera résolu. Il s'obstine à me demander pourquoi je ne ramène pas mes sœurs pour qu'elles viennent vivre ici. Je lui explique de nouveau qu'elles sont mariées. Et alors, on pourrait aller là-bas les voler, dit-il. Bon, ça ne sera pas facile, c'est très loin et la police nous arrêterait certainement, je lui explique. Baitogogo ne cache pas sa déception et prend congé.

Le lendemain, je me rends chez Baitogogo. Il est en train de préparer je ne sais quoi qu'il accroche à son dos. Il me dit qu'il s'apprêtait à venir me chercher dans mon carbet. Venir me chercher pour quoi faire ? je réponds. Pour aller dans la forêt et que tu m'aides à trouver ce qu'il me manque pour finaliser ma succession. Pas de souci, dis-je, je vais chercher mes bottes et ma machette. Je reviens équipé et nous partons dans la jungle, Baitogogo, sa femme, Ina, Pasho le nain, et moi. Ina redevient affectueuse, elle me dit que plus tard elle percera les points noirs de mon dos. Baitogogo sourit. L'ambiance semble meilleure à présent.

Nous empruntons le sentier qui s'enfonce dans la partie la plus profonde de la forêt, après avoir franchi le pont qui enjambe le grand ruisseau. Baitogogo ouvre la marche avec le nain. Nous traversons encore deux autres ruisseaux. Dans l'un d'eux, un banc de *poraquês*, ces anguilles électriques violentes, tourne dans les eaux fangeuses. Nous avançons rapidement, car il n'est pas recommandé de s'attarder près de ces bestioles. Je ne sais pas très bien où nous allons et je ne veux pas le savoir. Cette promenade est un soulagement après les derniers jours âpres, difficiles.

Nous nous arrêtons dans une *capoeira*. Il est déjà tard et Ina fait un feu pour rôtir un morceau de porc. Nous le mangeons avec du manioc puis nous dormons dans nos hamacs. La femme de Baitogogo se lève dans la nuit et veut se coucher dans le mien, mais je suis contraint de la chasser, je ne veux pas d'ennui, et, non sans faire un peu de raffut, elle va regagner sa place. Baitogogo se retourne dans son hamac et ronfle, je ne suis pas certain qu'il ait saisi la scène, mais un instant plus tard, il se lève et se couche avec sa femme. Ils chuchotent des mots que je ne comprends pas.

Pasho le nain ricane dans son hamac. Ina parle en dormant. Nuit lourde et pénible, des milliers de moustiques m'assaillent, j'arrive à peine à fermer les yeux. J'ai mal au genou. La fièvre vient de nouveau me mortifier. Je rêve à nouveau de ciel rouge au-dessus de la canopée et de nids d'oiseaux. Le lendemain, nous continuons sur un sentier étroit et pentu. Baitogogo ouvre toujours résolument la marche, silencieux et renfrogné. Nous contournons un rocher couvert de lichen, le seul rocher connu dans le coin. Baitogogo explique qu'il s'agit d'un tapir que les Amariatanas ont transformé en pierre il y a longtemps.

Nous descendons en traversant ce qui ressemble à une grotte, avant de ressortir de l'autre côté sur une grande bambouseraie fermée. Où allons-nous ? je m'enquiers, mais Baitogogo ne répond pas et le nain ricane avant de me prendre par la main. Nous nous frayons difficilement une voie dans la bambouseraie, en coupant les pousses les plus petites à l'aide de nos machettes. Arrivés au bout, nous apercevons la fameuse confluence des quatre ruisseaux, à partir desquels, raconte-t-on, les Amariatanas ont réparti les quatre eaux du monde. Nous nous y arrêtons pour déjeuner. Baitogogo ne dit pas un mot, mais il a l'air calme. Ina me perce les points noirs du dos.

Nous passons le reste de la journée à marcher sur des sentiers tortueux. Je laisse mes réflexions de côté et me contente de suivre le rythme de mon corps et de ma respiration, en essayant de surmonter l'épuisement et le grincement de mes os à chaque pas. En milieu d'après-midi, lorsque le soleil commence à fendre les feuilles en diagonale, lorsque la lumière semble révéler, parmi les branches, une dimension insoupçonnée, nous atteignons une vaste clairière. Je lève soudain le regard, qui jusqu'à présent fixait uniquement mes pas, et je découvre, planté au beau milieu, le plus grand arbre que j'aie jamais vu par ici. Tout en haut se trouvent les oiseaux.

– Faut attraper l'oiseau pour faire le chapeau, on doit prendre le plus beau, dit Baitogogo.

– Tu vas donc grimper ? je lui demande.

– C'est difficile de grimper, je suis trop vieux pour ça, je peux pas.

– Ah ben moi, j'ai le corps fourbu à cause de la fièvre.

– T'es plus jeune, t'as pas beaucoup de fièvre, c'est supportable. C'est juste là et il suffit de balancer les bêtes, c'est tout.

– Et le nain, Pasho, pourquoi il n'y va pas, lui ?

– Il peut pas. S'il tombe, on mourra, et toi aussi tu mourras. Allez, grimpe !

– Mon gars, je préférerais franchement éviter, je ne suis jamais monté sur un arbre aussi haut.

Je regarde Baitogogo et me rends soudain compte qu'il a les dents limées, tout comme les femmes et le nain. Je ne l'avais pas remarqué auparavant, se pourrait-il qu'ils se les soient limées cette nuit pendant que je dormais ? Ou est-ce la fièvre ? Ses pupilles sont étranges, sans éclat, opaques. Les femmes me regardent de biais. Pasho me saisit la main, comme pour la mordre, je la retire aussitôt.

– C'est toi qui vas grimper ! ordonne Baitogogo, et il lance une corde qui s'enroule avec précision sur la branche la plus haute. Tu vas grimper et attraper les oisillons pour ton frère aîné ! crie-t-il en s'approchant de moi, les yeux injectés de sang.

Acculé, sans échappatoire, je commence à me hisser sur la corde, tandis que mes jambes et mes bras tremblent. Arrivé à mi-hauteur, je jette un coup d'œil en bas et je vois Baitogogo se diviser en quatre. Baitogogo serait-il les Amariatanas ?

– Allez, continue de grimper ! Dépêche-toi, hurle-t-il.

J'ai l'impression de l'entendre prononcer ces mots, j'ai l'impression que c'est ce qu'il m'ordonne de faire. Est-ce possible ? Je continue mon ascension, mon cœur bat la chamade. Cela n'aurait pas dû arriver – le tourbillon des bifurcations. Je regarde en bas et je vois de nouveau quatre hommes au lieu d'un, ou alors un seul qui semble être quatre.

– Allez, grimpe ! vocifère-t-il.

Arrivé au sommet, mû par une nervosité qui dépasse mon propre corps, je m'assois sur la plus haute branche. Le nid des oiseaux est à portée de main. Un souffle d'air traverse mon dos. Je regarde en bas, les quatre frères, le nain et les femmes sont là. Le vertige manque de me faire chuter. Désemparé, je glisse mes mains tremblantes dans le nid et commence à choisir les oiseaux.

pcacmb
édition pré-presse
livres numériques

44400 Rezé

IMPRIM'VERT®

Achevé d'imprimer
en février 2022
par Corlet Imprimeur
14110 Condé-en-Normandie

Dépôt légal : février 2022
N° d'Imprimeur : 21120946
Imprimé en France